うたかたの日々

諏訪哲史

風媒社

◉うたかたの日々◉

父母へ――

うたかたの日々　目次

II 西向くサムライ・その他のエッセー

III うたかたの日々

はじめに

作家としての僕の仕事はおもに三つあります。一つは「**小説**」です。二つめは文学や芸術に関する「**批評**」。そして三つめが、過去や現在の日常雑感を綴る「**エッセー**」です。

作家になり今年でちょうど十年です。四十七歳の今も名古屋に住み、遅筆ながら、これまで小説を四冊（近く五冊めが出ます）、文学批評を一冊（近く二冊めが出ます）、日常を扱ったエッセーも一冊出しています（『スワ氏文集《しもんじゅう》』講談社・二〇一二年）。本書『うたかたの日々』はこの三つめの仕事、日常を扱ったエッセー集の二冊めということになります。

前著『スワ氏文集』には、二〇〇七年のデビューから五年分のエッセーが、そして本書はその後、二〇一二年以降、最近までの、やはり五年間ほどの発表稿が収録されています。

直近の五年にものしたエッセー群を通覧し、さてどう並べるのが最もよいか、編集者とも相談しましたが、書いた順（時系列）に別々のコラムを混ぜて並べるよりも、三章立てにして、コラムごとにまとめるのが、やはりいちばん読みやすいだろうと判断しました。

Ⅰ　スワ氏文集《しもんじゅう》（朝日新聞名古屋本社版・一三一回〜二〇五回・二〇一二年十月〜二〇一六年三月）
Ⅱ　西向くサムライ・その他のエッセー（前者は西日本新聞・二〇一四年二月〜二〇一六年四月）
Ⅲ　うたかたの日々（毎日新聞購読者向け月刊誌「毎日夫人」・二〇一四年一月〜二〇一六年十二月）

ちなみに、現在、中日新聞に月一回のペースで連載中のコラム「スットン経《きょう》」（二〇一六年四月〜）は始まって間もないため、本書にではなく、次に出版する際に収録します。

本書の第Ⅰ章の分量が多いのは、「スワ氏文集」が隔週の連載だったためです。「西向くサムライ」は二・四・六・九・十一月の掲載で、「うたかたの日々」は毎月一回でした。「スワ氏文集」は二〇〇八年七月から約八年も続いた長期連載でした。愛知・岐阜・三重と静岡西部までがエリアに入り、この地元にちなんだ話が多くなりました。僕の文体遊戯にも寛大なコラムでした。「西向くサムライ」では九州の読者を意識しました。そして全国区である「うたかたの日々」は、あえて文体遊戯を抑え、「である」体を用い、主に社会批評的な視点から、市井のいち文学者として、毀誉褒貶《きよほうへん》をおそれず執筆してきました。

でも本書は実は、どの都道府県に住む、どの世代の読者にも届くように、現代の日本に生きるすべての老若男女に通じる話題・問題が並ぶように、心がけて構成しました。

「毎日夫人」コラムのタイトルであり、本書の表題でもある「うたかたの日々」は、二十世紀フランスの作家でトランペット奏者でもあったボリス・ヴィアンの有名な小説の題（伊東守男訳）からとりました。その日その日に感じること・思うことは都度変転しますが、毎回の稿を起筆するまさにその時に、我が身を最も充血させるもの、それは世界の不合理さへの地団太や、とぼけた文体遊戯の衝動、遠い過去のひりつくような記憶など、僕にとって切実なもの、「リアル」なものを選びました。命がけで書いた、僕の大切な本です。

I

スワ氏文集《しもんじゅう》

弟のこと：上

2012.10.11

僕には一つ下の弟と八つ下の妹がいる。弟と妹は二人とも父に似ているのに、僕は父にも母にも似ていない。妹だけ歳《とし》が離れているので、妹が赤ん坊だった当時、子供だった僕と弟はちょっとありえないくらい妹をかわいがった。おむつも換えたし一緒に童謡も歌った。父よりも母よりもかわいがったかもしれない。でも、妹が生まれる前は、僕は歳の近い弟を可愛がっていた。弟はそんなことはないと言うが、本当にありえないくらい、僕は弟をかわいがったのだ。妹のことも多く書けるが、僕はまず弟のことを書いておきたい。

これまで書いたエッセーにも弟は何度か出てきているが、いつも愚かな正直者として登場している。弟は馬鹿で勉強もできなかったけど、いつも僕になついて、一緒に遊んだ。仙台では学校までの雪道、氷塊を交互に蹴りながら通学した。剣道の道場にも竹刀と防具をそれぞれ肩にしょって一緒に通った。母が作った同じ服を着て、同じ時間勉強してテレビをみてキャッチボールをした。

父の遺《のこ》した八ミリをみると、幼年時代の弟は丸顔のかわいい子供で、そのうえ馬鹿だから、僕には余計かわいかった。一つしか違わないのに僕はまるで父が子供をかわいがるように弟をかわいがった。僕がみていてやらないとなんでも損をしてしまう。だから先生や友人に言われたことを家で弟に言わせ、明日学校でこう言うんだぞといちいち僕が対策を講じた。だから弟は一人で何も判断できず、いよいよ馬鹿になっていったのかもしれない。

馬鹿だったので弟は自分が近眼であるのを自覚せず、小学四年まで黒板の字が一切見えていなかった。弟いわく、見えていたら神童だったらしい。いかにも馬鹿のいう台詞《せりふ》なのがまたかわいい。

妹が生まれ、弟は僕にかまってもらえなくなった。そしてそのまま今日まで、自己主張の強い兄と、学力優秀な年下の妹の間で、進んで道化役を買って出て、馬鹿呼ばわりされながら、それがさも嬉《うれ》しいようにニコニコ笑って生きてきた。

でも弟は、もうすぐ彼の妻の故郷である台湾へ永久に移り住むのである。いつもどんなときも一緒に生きてきた僕と弟は、死ぬまでにあと数回しか会えないかもしれない。母にも妻にも妹にも言わないが、僕は最近、急に胸をしめつけられて風呂場で涙をぽたぽた流した。どんなにからかわれても、僕には弟は一生涯かわいいのだ。

2012.10.25

弟のこと：中

弟がかわいいなどと不惑を過ぎた男が書いているのはおかしいかもしれない。僕は自分の少年期のことを不必要な細部まで記憶している変わった人間で、家族と話すと「そんなことあったかな」とよく言われる。弟を未《いま》だにかわいいというのも、僕が幼少時の弟を、いちばん近くで、いちばん多く見ていたせいだろう。

毎朝登校し、小学校の昇降口で弟と別れる時、僕にはもうさびしい気がした。廊下で弟に会っても親しくはしにくい。弟も僕を見るが、何も話さず通る。家なら誰はばかることなく犬みたいに遊べるというのに。だから帰り道で前方を一人ちょろちょろ歩いてゆく小さな弟の後ろ姿を見つけると、僕は嬉《うれ》しくなって駆けてゆき、ランドセルに思いきりキックをかます。僕は内向的で友達が少なかったから、弟だけが本当の親友だったのだ。

僕は弟がかわいかったから弟を苛《いじ》めた。剣道の道場で、相手が横へ順番に代わってゆく時、僕は弟が自分の前に周ってくるのを待った。周ってくると他の相手には出さなかった力で思いきり面を打つ。弟と大勢の中でじゃれ合える嬉しさやその照れ隠しがあったのだと思う。弟も「あ、兄ちゃん」と判《わか》って面金具の奥で少し笑う。でも弟よりずっと背が高かった僕の竹刀は面金具のない、当たるといちばん痛い脳天に水平に当たる。弟はベソをかいて、面金具の向こうで顔を歪《ゆが》ませて泣く。泣くからまた打つ。また泣く。泣いたまま交代すると年長の相手にさらに苛められている。それを見て僕は腹を立て、その相手に稽古中に報復する。

仙台にいた時分、父は僕らを東北各地の観光地に毎週のように連れて行った。僕と弟は車の後部座席からみちのくの山々や流れすぎる木立や、帰り道の夕空や夜陰の下の黒い家々をふしぎな気持ちで眺めた。あの家は明かりがついている。隣はついていない。そして横で弟が眠ってしまって、母も妹を抱いて眠ってしまって、父が無言で運転をしていて、僕だけが起きて見ている怖い外の風景、その僕ら家族の車の中が外と同じ暗さの夜なのだった。計器類の微光。疲れた家族が夜の闇の中を旅していた。

こんな遠くをともに旅している小さな家族が明日また通勤・通学でバラバラになり、再び帰って同じ部屋で寝る。さびしかった。同じさびしさを知る唯一無二の弟と、朝、また学校で別れる。この気持ちを、他にどう書けば伝えられるというのだろう。

弟のこと：下

2012.11.8

僕が大人になると、小さかった弟も大人になった。身長も成績も常に僕の少し下。歳《とし》の離れた妹に賢い賢いと言っていたら妹は賢く育ったが、弟には馬鹿だ馬鹿だと言っていたから弟は馬鹿になったのだろうか。

もしかして弟は身長も成績も僕に遠慮してわざと低くしていたのではないか。

謙虚で従順なかわいい弟は僕の真似《まね》をして大きくなった。僕が学生の頃に寝袋で全国を一人旅すると、同じように一人旅をし、北海道周遊の途、旭岳で遭難して死ぬ直前で救助され病院に担ぎ込まれた。馬鹿なので己の限界を知るべくパンと水だけで数週間歩き続け力尽きたのだ。僕と二人で行ったパキスタンでは僕の方が食中毒になり弟に病院に担ぎ込まれた。弟がいなかったら僕は死んでいた。

大学卒業前、弟は一人で中国の西の果てのカシュガルまで長い旅をした。人から愛される弟は現地で何人も友人を作り、卒業後にも中国の友人を再訪したりした。

弟は不動産会社に入り、三十代で台北支店への転属を命じられた。中国での交友が人事の耳に入っていたのだ。着任直後SARS《サーズ》らしき流感に罹《かか》り病院へ担ぎ込まれた。このとき弟を担ぎ込んだ台湾女性が現在の弟の妻だ。それにしてもよく担ぎ込まれる兄弟である。

弟の妻の故郷は台南で、弟の婚礼は盛大なものだった。といっても当時、妹は仙台の大学、父は入院、母と僕は看病をしていたので諏訪家からは誰も渡航できず、弟一人に対し新婦側は総勢百人以上も列席した。本当に映画みたいな話だ。

父が死に、僕が作家となり、弟が新妻を連れ日本へ帰国した。あれから五年。弟は今度は中国の蘇州への転勤を命じられた。片や、生活の本拠を妻の故郷に移す案も現実となり、今後弟は転勤先の蘇州から僕らのいる日本でなく台湾へ「帰省」する身となる。蘇州の任が解けたら晴れて愛妻と台南に永住する心積もりらしい。

弟が行ってしまう。僕のかわいい弟、同じ雪道、同じ道場、同じ車窓、同じ勉強部屋、幼少からの生活の全風景を共有する唯一の親友が、いつしか兄の旅の総時間を遥《はる》かに追い越して、遠い異国の空の下へ永遠に旅立とうとしているのだ。

父の葬儀にも妹の婚礼にも僕は泣かなかった。しかし僕の遠い幼年期の、そのたった一人の同伴者だったあの小さな弟の影が彼方《かなた》へ歩み去る今、どうしてそれを動揺なしに見送ることができようか。

爺さんと婆さんの会話（俳優天野鎮雄さん・山田昌さん夫妻の寸劇のために）

2012.11.22

［婆］ほれ、あんたもこれ一遍読みゃあ、スワ氏文集《もんじゅう》。

［爺］何が。どうせいつもの婆《ばあ》さんと婆さんの話やろ。

［婆］諏訪さんがなんで婆さんばっか取り上げて爺《じい》さんは取り上げんのかわかる？

［爺］ほなもんわからすか。

［婆］よお考《かんぎ》ゃーてみやあ。爺さんらの話ほどこの世に詰《つま》らんもんがあるかてこと。

［爺］詰らんことあれせん。

［婆］あんたら同士はな。あんたら爺さん同士は何《なん》や相撲や作付けの話だけで楽《たん》しそうに喋《しゃべ》っとれるわなも。

［爺］楽しいんだでえぇが。

［婆］爺さん同士はな。でも爺さんらの話を傍《はた》で聞いとる者《もん》にはそりゃ地獄だわ。

［爺］地獄《じごくう》いわれなかんほど詰らんくはねゃぁに。ほんだったら婆さんの会話ばっか諏訪さん書かっせるの、お前《みゃ》さんなんでかわかる？

［婆］そら面白えでだわさ。

［爺］違う。とれえでだわ。

［婆］あんた婆さんらにどこぞで殴られても知らんよ。

［爺］とれえで面白えわな。

［婆］わしの方睨《にら》んで何《なに》い。わしがそのとれえ婆さんだ言うとるな、あんたのその目は。まあ一遍いうてみ。

[爺] 後がおそぎゃあで止《よ》すわ。

[婆] まあ一遍いうてみい。

[爺] まあ一遍まあ一遍と！　大概《てゃあぎゃあ》にしとかないかんよ！　晩飼《ばんげ》のおかずがワヤんなってまった。全くお前《みゃ》さんもいかんわ、怖すぎるもん。

[婆] 晩飼のおかずが何《なに》て？

[爺] そりゃ話の流れだわ。

[婆] あんたいつも誰のお蔭《かげ》で晩飼食えると思っとる。いかなソーセージだけにしよか。

[爺] だで謝るて。許して。

[婆] あんたは謝ることは昔《むっかし》から特急並みに早《はや》あでね。まあええわ、許したるわ。

[爺] お前様《みゃあ》は別にしても、婆さんゆうのはとれえわ。

[婆] ほんとに刺されるよ。

[爺] 昨日《きんのう》もバスん中でよ、知らん婆さん同士がだよ、後ろの二人席に座っとったら、高校生のスカートが短《みじきゃ》ぁの見て片方が「まーああ」って洩《も》らしたわ。ほしたらもう片方も「ねえ」って言うて話し出して…気がつきゃ降りてくとき無二の親友だわ。婆さんらぁの気が知れん。

[婆] 普通だて。わしら見ず知らずでも地元のどっかで生きてきた仲間だもん。誰でも何の気なしに「あれまあ」とか「ほぉんと」とか呟《つぶや》きゃぁそれが会話のとっかかりだわ。

[爺] 呆《あき》れた婆さん同盟だ。

[婆] まあ一遍いうてみぃ。

[爺] だでお前様《みゃあ》は別だて。

[婆] 別あらすか。わしも同盟員や。婆さん同盟怒らすとおそがいよ。革命起こすで。婆さんの意見は大体《でゃあてゃあ》世界《せきゃあ》共通だで。♪いんたーなしょなる、明るいなしょなる。

[爺] 松下電器の歌だが。

[婆] ええっちゅうに！ 黙っとりゃ！

平成貧窮問答歌《ひんきゅうもんどうか》

天地《あめつち》は　広しといへど　吾《あ》が為《ため》は　狭《さ》くやなりぬる
わくらばに　作家となるを　物書きの　生きづらきこと
渾身《こんしん》の　文硬《ふみかた》ければ　本業《なりわひ》の　小説《せうせつ》は売れず
書き捨ての　文集《もんじふ》は売れ　それ見たか　これぞ世の常
読みやすき　文《ふみ》こそ書けと　鯱鉾《しやちほこ》の　尾張の国の
人みなで　我《われ》を責めたつ　時流には　勝てぬものかや
作家から　ゐつせひすとへ　知らぬまに　肩書《かたが》き移ろひ
芥川　遠く去りにき　あさつての　人知りぬべみ
大学ぢや　変人の師と　学《まね》ぶ子ら　我指さしぬ

2013.1.10

平日も　をののき暮らし　編集者《へんじふしゃ》　原稿まだかと
めへるにて　催促しきりに　一年中　休みとてあらじ
あらたまの　新年なれど　餅焼かず　おせちさへなく
ちはやぶる　神のやしろに　初詣で　賽銭《さいせん》も惜し
梓弓《あずさゆみ》　柏手《かしわで》高く　新作の　成就《ぜうじゅ》たのまん
なけなしの　小銭はたきて　あがなふは　祈願の神札《みふだ》
籤《くじ》ひけば　大凶出《い》でたり　肩落とし　砂利踏み分けて
玉鉾《たまほこ》の　道行き人《みちゆびと》の　娘子ら　振り袖眩《まぶ》し
招福の　熊手もうらめし　所在なく　人こいしやと
名鉄《めひてつ》の　あかき列車《くるま》で　途中下車　実家に寄れば
書け書けと　口やかましは　たらちねの　母御《ははご》なりけり
生家《いへ》にても　催促かやと　唐衣《からごろも》　上着も脱がず
帰宅せば　妻里へ去《い》に　冷蔵庫《れひざふこ》　空《から》で冷えしも
ぬばたまの　寒夜《さむよ》にひとり　台所　指もかじかみ
足先も　ありやなしやと　夜もすがら　白紙に向かひ
文集《もんじふ》を　したためしたため　人心地　つきて湯沸かし
拉麺《らはめん》の　汁《つゆ》も飲み切り　窓見れば　空明けそめて
少納言《せふなごん》　草子《さふし》に見ゆる　朝ぼらけ　つとめてなれど

風流も　解さぬ我は　冬ざむの　朝を恨みて
顔《かほ》洗ふ　湯気なき蛇口　凍《い》て水の　苛《さひな》みしごと
風邪がちに　くさめ一声《いつせひ》　身震ひや　鼻びしびしに
いんふるか　杉花粉かと　怪しみて　鼻かみをれど
術《すべ》もなく　寒くしあれば　たはむれに　朝刊ひらき
えへけへびひ　四十八《ふおをていひえひと》　渡辺は　まゆの絵姿《えすがた》
柏木の　ゆきりんも笑《え》み　見目《みめ》うるはし　美女《たをやめ》にては
有り難き　ことといへども　偶像《あひどる》は　遠《とを》きにありて
思ふのみ　如何《いかん》ともせじ　現身《うつそみ》の　世をはかなみて
作家なる　因果のなりわひ　書くことの　空しさいだき
草枕　旅に出でんと　通帳《つふちやふ》の　残高見れば
懐も　寒さひとしお　白砂《しろたへ》の　息たなびきて
かくばかり　術《すべ》なきものか　物書きの道

2013.1.24

病とは失敬な

居間で妻がテレビをつけると、今年のやまいの調子はいかがですかという男の声がしたので、ふと仕事の手を止めてそちらを見た。

ナゴヤドームからの中継放送だった。病の話などして、実況席ゲストに誰か病人でも来ているのか…としばらく見ていると、マウンド上にスポーツ用サングラスを着けたピッチャーの投球シーンが映し出された。

「なあんだ、びっくりさせやがって。病じゃなくて山井大介じゃねえか。失礼なイントネーションで発音すんな。病人どころか、メチャクチャ丈夫だっつうの」

野球にうとい読者のために付記すれば、山井は中日ドラゴンズが誇る身体健康な（当然だ）投手である。プロ野球選手という身体が資本のような職業の人間を病呼ばわりするとはいったいどういう神経か…と思ったが、考えると解《わか》らない。

例えばグランパスの永井の名はハワイやサライや病と同じ下方向へ降りる抑揚である。永井を野菜や仲居や盥《たらい》のような上方向への抑揚で発音する者はいない。でも高井・中井・浅井は盥系だろう。両方の抑揚がありそうなのは花井・若井・柳井。それはいい。けど、山井はやっぱ盥だろうが！

サッカー中継も観《み》るが、実況者のカタカナの抑揚が気になって仕方がないことがある。例えば南米のエクアドル、読者はどう発音されるだろう。この五文字のイントネーションはまず間違いなく貴乃花や紙芝居や生き地獄などと同様、いったん上がって必ず下がるはずだ。しかしこれをバイオリンや金縛りや床屋さんの抑揚（上がりっぱなし）で喋《しゃべ》るアナウンサーがいる。訛《なま》りなのかカッコいいと思っているのか知らないが、「一人少ないエクアドル」と上げられるたびにゾッと鳥肌が立つ。鳥といえばJリーグのサガン鳥栖《とす》を、火山灰や保安官みたいに「サガントス」と下げる奴もいる。サガンと鳥栖を別々に言えば言える癖にである。

ところで僕の名前だが、諏訪さんなのか諏訪さんなのかどっちだろう。上がるのか下がるのか。ヨメさんやカミさんは上がり、スケさんやカクさんは下がる。つまり虎さんなのか寅さんなのかみたいなどうでもいい違いである。や、どうでもよくはない。僕は寅さんの方の諏訪さんだ、と頑《かたく》なに思っている。でも、人からは虎さんと寅さん、半々くらいの割合で呼ばれる。

この差が何か、次回考える。どうでもええでは済まされない。

2013.2.7

虎さんか、寅さんか

カミさんヨメさん蟻《あり》さんキトサンと同じく抑揚が上がりっぱなしの諏訪さん。片やスケさんカクさん熊さん奥さんと同じく抑揚がだんだん下がる諏訪さん。虎さんか。寅さんか。どっちの諏訪さんが正解か。答えはない。が、僕自身はなぜか「男はつらいよ」の寅さんの方の抑揚の諏訪さんだと頑《かたく》なに信じている。

名古屋に住んでいると、虎さんで呼ぶ人と寅さんで呼ぶ人が半々くらいいる。ところが、名古屋を出ると半々ではなくなる。西へ行っても東へ行っても虎さんの諏訪さんになるのだ。大阪でも虎さん、東京でも虎さん、ちなみに長野の諏訪へ行った時も虎さんだった。名古屋人の僕が自分の名字を訛《なま》っているのか、或《ある》いは名古屋人以外の全ての日本人が訛っているのか。

かつて大学進学のため十八歳で上京した僕は東京の学友から言われたものだ。

「諏訪、いくらお前が早く押せ押せって言っても、牡丹《ぼたん》は鑑賞するものであって指で押すものじゃねえよ」

この台詞《せりふ》だけ聞いて名古屋人ならハッと理解するだろう。そうだ。名古屋人は（とあえて決めつけるが）立てば芍薬《しゃくやく》坐《すわ》れば…のぼたんも、カーディガンの前を留めるぼたんもエレベーターのぼたんも全て「牡丹」と言う。花壇や小判やロダンの抑揚のぼたんである。だが、名古屋の外では花の牡丹だけがロダンで、後のボタンは土管や鞄《かばん》やトタンの抑揚のぼたんである。

「うるせえ！　いいか、名古屋じゃな、牡丹は押し花にするものなんだよ！　押し花をする母を子供らが、押っせー押せ押せ押せ押せ牡丹つって声援をかけるお国柄なんだ、覚えとけ！」

と、まあ今のはちょっと作ったが、僕は悔しかったのだ。悔しくて悔しくて泣けてくるくらい悔しかったのだ。「ほー、名古屋じゃ服の前を牡丹で留めるんだって。もっさもさじゃん」「おーい諏訪ー、リモコンの牡丹、早く押してけれー！」

似たような苦境に立った名古屋の同志がいたらこう切り返せばいい。懐かしのアニメに「ジムボタン」というのがあった。魔法のボタン（服の）を持つ少年と汽車が悪と闘うＭ・

エンデ原作のアニメだが、このジムボタンの抑揚だけは、非名古屋人でも牡丹になるのだ。ボタンの前に単語を付けてもいい。階数ボタン、AボタンBボタン。ざまあみやがれ。でも、エクアドルを語尾上げしやがる例の実況野郎にだけは通じんかもしれんわ。

無暴力という嘘：上

2013.2.21

体罰はない方がいいと思う反面、言葉の暴力まで根絶しろという世論の膨張には溜《た》め息が出る。教員の手足口に枷《かせ》をしたまま、悪質な侮辱には耐え、どんな怠慢な子供にもいじめ主犯にも太陽となって接し、自らは処罰者になりたがらぬ親に愛玩動物の如く育てられた無菌児童の横暴を声による抑圧もなしに戒めろという。「言葉の暴力」狩りだ。（今回は学校の生活指導を考える。スポーツは他日）

無暴力で暴力を諫《いさ》め、忍耐も分別も会得させる。…勇を鼓して言うが、僕は綺麗《きれい》ごとの嘘《うそ》っぱちだと思う。真の暴力とは天気や食物連鎖と同様、無自覚で底意がない。例えば僕は鬱《うつ》になると「頑張れ」という檄《げき》が途轍《とてつ》もない暴力になる。出張で早起きし顔を洗う水が氷のように冷たい時もそれを世界からの暴力と感じる。この世に完全な無暴力や無抑圧やトラウマ・ゼロの状態などありえない。社会の競争原理そのものの中に非情な暴力は息づいている。生きるとはこの世の暴力に耐え続けてゆくことだ。そして大人とは己を抑圧すべく暴力を内側に向け使えるようになった理性的動物をいう。無暴力という偽善の温室で育った子供が冷酷な世の理不尽に耐えられるのか。昔僕は大人になどなりたくなかった。世界の見えない暴力に耐え続けるのが人の生なら死んだ方がいいと思った。自分の命に重さなどなかった。死はぺらぺらのカードで任意の時機に切札《きりふだ》にできるジョーカーだった。僕を苦しめる敵に社会的制裁を受けさせられるような巧妙な死に方を考え続けた。その仇《かたき》が僅《わず》かでも窮するなら自らの死がタダでも割は合った。僕は「骨を断たせて肉を斬る」を弱者の宗《むね》とした。幸いにして命を尊ぶ世論は自殺者の言いなり、つまり死んだ者勝ちだった。そんな僕も成人を迎えた。そこは陰湿な、良識という美名を纏《まと》った暴力の世界だった。でもそれは僕には馴染《なじ》み深い既知の暴力だった。二十年にわたる習熟、暴力の馴致《じゅんち》が僕に喜ばしくもない生の耐性・免疫を与えていた。安直な暴力廃絶論者は生自体が暴力であるという本質を等閑に付している。総《すべ》ての人間が見えない暴力の坩堝《るつぼ》で無我夢中に生きている。それを暴力とは認めたがらずに。こうした欺瞞《ぎまん》を心身の痛覚で見破ってきた練達の大人たちが教育という名の暴力によって「生が暴力の世界である真実」を無防備な子供たちに全身全霊で耳打ちしようとしている。

2013.3.7

無暴力という嘘：中

僕が言いたいことは簡単だ。人の世は暴力でできている。大人は暴力の存在に蓋《ふた》をするのでなく、子供と共にそれを直視し、暴力について表も裏も語り合うべき、というのだ。暴力に対し僕らがとるべき態度は津波や放射能に対する場合と同じである。世界の暗部を直視したくないから津波などない、または二度と起こらない、そう教えることが最も卑劣な教育の嘘だ。人は暴力の中で生きている。親はその理不尽を体験により知悉《ちしつ》しながら子供に教えない。苛烈《かれつ》な競争社会の現実も生老病死の理《ことわり》もいずれ各々《おのおの》が自分で悟るものだとその事実を伝えず、あたかも現世が無暴力の太平であるかのような体裁を繕って含ませ、それで子供を健全に育てている気になっている。偽善者の自己満足だ。暴力は余りに自然な現象なので人は最早《もはや》それを暴力と意識しない。子供はまず他者との差から世の暴力に気づき始める。貧富。容姿。体力。背丈。受験の合否。格差と優劣の暴力だ。毎年就職面接で落とされ続けた学生の多くが精神を病む。落とした方は暴力と思っていない。ましてや自分を加害者とは思っていない。大勢の中から欲しい人材を選んだだけ。こういうのが競争の原理、暴力には見えない真の暴力だ。多数民が少数民を法的に従わせることも正義に見える暴力だ。多は世界の空気を支配し、過半の力で少を屈服させる。いじめの原理も同じだ。いじめ主導者はまず過半の空気（多）を獲得する。傍観者は少と同じ不利を被りたくないので黙認＝加担し、それが更に多の力を補強する。この時、少の者が暴力から逃れたければ多に転じるしかない。無暴力状態は己が暴力の側に立つことでのみ獲得される。吃《ども》りの僕は昔苛《いじ》められっ子だった。母に貰《もら》ったペンは折られ手作り弁当は毎日食われた。でも僕より酷《むご》い暴力を受けていた友は親が留守の自宅の台所で自分の茶碗《ちゃわん》に排便させられ、それを食わされていた。居合わせた僕は恐怖に勝てず彼を裏切って多へ、つまり黙認の側に立った。そこは無風だったのだ。暴風は少の側にだけあったのだ。今の僕なら対処の方法は解《わか》っている。いじめが酸鼻を極める前に訴え出て世論という多の暴力でいじめを封じるのだ。でも多である世論が少に落ちたいじめ主犯を苛め返すだけで暴力自体は敗北しない。人間の多数決は暴力の総量でなく、向きを変えることしかできないからである。

無暴力という嘘：下

2013.3.28

良い暴力。それは誰かに都合の良い暴力だ。国ごとの法も死刑も革命も弾圧も軟禁も抑留も拷問も最終目的が正義なら悪ではないという。正義の暴力。例えばスポーツは順位や勝敗をつける競争・闘争だが建前は無暴力、またはルールのある良い暴力とされている。スポーツでは己の体を苛め抜く自らへの暴力①は善、己の意思に反し人から苛められる暴力②は悪、人に頼んで己を苛め抜いてもらう暴力③は善になる。この辺からスポーツに暴力はないという厚顔な嘘《うそ》が綻《ほころ》び始める。スポーツ界は体裁上総《すべ》ての暴力を許さないとしているが、①は許し②は許さず、③は①の徹底のため他人の鞭《むち》を自ら求めているので許す。でも②か③かの判別は選手側の主観ゆえパワハラ裁判くらい難しい。指導負荷が本人意思に適《かな》うか否かが状況ごとに変わるからだ。同じ監督が複数人を見る時も選手Aは指導に満足、Bは不満をこぼす。同じ暴力がAには③でもBには②になる。これが良い暴力＝スポーツが孕《はら》む矛盾の一例だ。スポーツはルールは公平でも個人や団体《チーム》に勝敗順位をつける。戦争や貧富など世の競争原理を縮図化して行われるゲーム。これが選手に自分苛めを促し自己体罰を要望させる。①と③の暴力は個人の任意なのでマラソンの低酸素高地トレーニングなどドーピングに近い身体改造も容認される。スポーツ倫理は今後も自己体罰は暴力でないと主張するだろう。禁欲的な選手が激越な暴力を自ら欲し全身痣《あざ》だらけで表彰台に上がっても黙認する。せざるをえまい。さもなくばマラソンの円谷ほか自らの体と心へ苛酷《かこく》な負荷を加えた過去の全選手からメダルを剝奪《はくだつ》せねばならなくなる。僕は暴力を是認したいのではない。否認したくとも不可能だというのだ。人の生とスポーツはどちらも暴力なのでどちらも否定できない。僕は暴力を善悪に頒《わ》ける偽善より、暴力自体には善も悪もないという切実な諦念《ていねん》にこそ生身の人の世の理《ことわり》があると考える。この理不尽への諦《てい》観《かん》をあえて生きんとする時、個人の愚直な魂が輝きを放つ。スポーツとは美しくも愚かな人の生の不如意の極度な表現、善悪以前の人の生の積極的な肯定の歌なのだ。それでもなお善人たちがスポーツを完全な無暴力にすると訴えるなら、スポーツから競争をなくせばいい。そうすれば暴力はなくなるだろうが同時にスポーツ自体もなくなるだろう。

2013.4.11

昭和名駅サラリーマン

もしもし、おっ、久《ひっさ》しぶりだなおい、元気か。これ名古屋からか、え、会社から？　会社ってまだ名駅《めいえき》の同じ場所？　中小企業センターの奥の。名前が変わってウインク？　名前なんかどうだっていいんだ、いやー懐かしい。なんたってお前二十年だぞ。名古屋弁もだいぶ忘れた、え、結婚したのか。なんで事後報告なんだ。お前のお父さんに俺はどれだけそっちで世話になったか、八〇年代の十年間、まるっと住んだんだもんなあ名古屋に。第二の故郷だよ。あ、そうだ、お前の結婚祝いに久しぶりに名古屋へ行こう、決めた。俺は定年退職して悠々自適だ。名駅で一杯やろう。お前に名駅の遊び方を教えてやる、任せとけ。まあ元々は全部お前のお父さんに教わったんだけどな俺も。ところでお父さんは。ああ、介護施設。じゃあ翌日顔を見てから帰るか。十年前に品川駅で見送って以来だからな、うん。じゃあ朝一番で行くわ。最初に会社の傍《そば》の中経ビル地下街に行きたいな、らーめん亭の並びにあったローシャでコーヒー。いやミヤコ地下じゃない。その後、駅前にっかつで午前の三本立てを観《み》て、中華の夜来香《えーらいしゃん》で昼。豊田地下のアスターやロキシーの前の甘味屋は…相生《あいおい》だ、並んでたら不二家で甘いもん食おう。え？　そんな店ない？　ハハハ、お前は若いから名駅の地下迷路は攻略できてないんだな。豊田は第二ビル地下もあって中経地下から幻の連絡通路なんかもあってな。いいから聞けって。お前に何か身に付ける物でも買ってやる。服ならメルサ五階のイズミヤだ。知らない？　名鉄東宝やヤマギワがある階の下。若者向けのナウい服はここが一番。セブンからフロアーが繋《つな》がってるから便利なんだ。麺図鑑？　ああメンズ。そこは婦人用もあるよ。夜はシーズンだしせっかくだからパアッとビアガーデンでも行くか、マイアミ。大名古屋ビルヂングの上の。え、馬鹿、ないわけないだろ、俺の青春のマイアミが。あるって。いいから当日は朝八時にちゃんと壁画前で出迎えろよ。違う、壁画だよ壁画！　生活倉庫のある駅裏側の誰でも知ってる壁画前！　いつも修学旅行生が大勢しゃがんで占拠してるだろ。何時計？　銀？　金？　たんたん狸《たぬき》の？　いいか、そんなものは名駅にはねえ！　弱ったな、地元のお前がそこまで名駅に疎《うと》いとは。じゃ、因《ちな》みに聞くけど、お前、ナナちゃんって知ってる？

2013.4.25

愛の「メモリー」

先日ゼミの学生へ、家のパソコンからメールした。
《こんばんは。合宿の時の写真データが上級生からも集まったので、次回ＵＦＪメモリーを持って来て下さい》
ゼミ生から返信が来た。
《先生。こんばんは。先生に口答えするつもりはありませんが、あいにく私はＵＦＪメモリーを持っていません。その代わりＵＳＢメモリーなら持っています》
闘いの火蓋《ひぶた》が切られた。
《こんばんは。君のような小娘に対して万が一にも腹を立てていると思われては心外ですが、僕としても君の言わんとする意を解さぬではなく、この三文字英語の一件を、僕が君の意になびくこと、つまり、はい、私が間違っておりました、ＵＦＪメモリーなるものはこの世になく、あなたのおっしゃるＵＳＢメモリーをご持参いただければ幸甚です、と大幅に譲歩して落着させる手もあるにはあります。ですが、君の教え子としての姿勢を見究めたいので、是が非でも、USJメモリーではなく、君の気遣いを形にした、UFJメモリーを持ってきて下さい》
《こんばんは先生。これほど大手銀行やテーマパークを夢に見そうな晩はありません。今回のような場合、普段の先生なら、何？　BSEだかUCCだかしらんが、とにかくあれ持って来りゃいいんだ、あのパソコンに挿すヘラみたいな、とおっしゃるでしょう。そうなら私も魚心あれば水心、もおー先生ったらしょうがないなー、と苦笑しつつUSBを持参できるのです》
《こんばんは。BSEがベーコン・レタス・トマトのサンドだと僕が知らないと思って試したようですが、残念、昨日カフェで食べたばかりです。全米で人気の食べ物を三文字で言って僕を混乱させようたってだめです。Uから始まる三文字英語だって、パソコン画面をカチッとクリックするURLも最近覚えたし、UCCコーヒーは昔から飲んでるし、アメリカ合衆国も未確認飛行物体も、みんな三文字英語で言えるんです》
《先生は昔、三文字英語はBCGとGHQだけで十分なんじゃ！　とおっしゃいました。まさかお勉強？》
《勉強せんでもUFOなんかピンクレディーが教えてくれとるんじゃ！　いや失礼。最近はAKBもSKEも認めます。繰り返しますが、僕が持ってきてほしいのは決して決してUSBではなく、君の僕に対する思いやり、小さくて平たい、チカチカ光る、あのメモ

リーなのです》

市バスで行こう：上

2013.5.23

市バスはよく使います。市バスの座席で僕が最も好きなのは左の最前席です。なんてったって一番前ですし、前輪カバーの上のお御輿《みこし》にちょこんと乗っているようなものですから見晴らしがいい。目の前のフロントガラスの広いこと！ 海外ならこっちが運転席側なので、まるで自分が運転している気分です。右斜め前に一応は運転手さんが座っていますが、車体の左側を壁に擦ったりしないよう僕がちゃんと見てあげています。左折時や車線変更時も僕は首だけを左後方に曲げて安全確認してあげます。

前のドアから続々とお客さんが乗ってきます。僕は運転手さんと一緒に皆を笑顔で出迎え、危険物の持ち込みや不審者がいないか、目をひんむいて見張っています。僕が許可して乗せてあげているといっても過言ではありません。そんな協力者である僕を運転手さんがまるで不審者を見るような目で見てくることがあります。僕らはほんの一瞬だけ熱く見つめ合い、またお互い前方注視に戻ります。

同じ最前でも、右側の席は大嫌いです。前が見えず危なくて乗っていられたもんじゃない。眼《め》の前に細かな路線図が付きつけられ、ひいふうと停留所を数えていると車酔いしてきます。横向きの優先席では罪悪感に苛《さいな》まれるし、車椅子の人が来ると立たなきゃならない右側の畳める椅子は「今だけ座らされている感」が募ります。だからもし左の最前席が塞がっていたら後部席しかありません。しかし、ここにも厳密な好き嫌いがあります。最後部の席は一段高いので優越感はありますが足長《あしなが》の僕には前席との隙間が狭く窮屈です。最も無難なのは最後部から一つ前の席。でも後の人に旋毛《つむじ》を見られ、たまに前席の下のブリキバケツをカーンと蹴飛ばし自分でびっくりします。後部エリアの最前列も無難ですが、目の前に大きな板があるので傍聴人席みたいになっちゃいます。

バス車内で僕が最も嫌いな席、それは後輪の上の席です。後輪の上でも、お尻の真下でタイヤがグルグル回っている席はまだ許せますが、許せないのは後輪の真後ろ席。そこも二人席の通路側ならまだ片足を通路に逃がせます。しかし車内が混み始めて窓際に押しやられると、僕はほぼ完全な体操座りを強いられます。屈葬か！　体操座りということは床に座布団を敷き、膝《ひざ》を抱えて座っている人と同じです。市内なのにお座敷バスか！

2013.6.6

市バスで行こう：下

名古屋の市バスは前扉から乗って二百円の先払いです。降りは後扉。それが癖になっているのか、たまに名鉄バスなどに乗ると乗り口が後扉なので少しうろたえます。慌てて眼《め》の前にアッカンベーと差し出されたペラペラの整理券を引っぱって着席すると、箸袋やガムの銀紙と同様、人間とは不思議なもので、どういうわけか降りる時にはくっちゃくちゃに折り畳まれて、顕微鏡で見る極小豆本みたいになっているんですね。

最近はマナカの浸透で、整理券のくっちゃくちゃも減りました。でもサービスで整理券風ペラペラ紙を取れるようにしてほしいですね。バスの乗客にはあのくっちゃくちゃやる時間が必要です。

いろいろ便利になる中で未だに《いま》ヒヤヒヤするのがあの降車ボタン。なぜか乗客は皆あれを自分で押したくて押したくて、乗っている間じゅうソワソワして気も狂わんばかりになっているのです。困ったものです。

僕はクールなダンディーなのでそんなボタンごときに興味はありませんし、押したきゃどうぞってなもんですが、誰も押さないってんならじゃあ僕が押してあげますよってなもんです。

おやおや、こんな乗降量の多い停留所なのに誰も押さないんですか。ほら、停留所が見えてきましたよ。いつ押すか、今でしょう。強がらないで押しちゃいなさい。誰も押さない？　僕が押しちゃいますよ？　後で悔やんでも駄目ですよ？

そこで歓喜を抑えながらボタンに手を伸ばすと、「ピンポーン」。誰だコラッ、押しやがった奴！　出てこいや！　人が親切に窓枠まで手を伸ばして、周囲の客もそれを見てて、「あ、あの人押す気だ」って思われて、僕も「いやあ、別に押したかないんだけど、誰かが押さなきゃ大勢が遠慮で降りられないのも変でしょ。学級委員の立候補みたいなもんですよ。渋々っていう」ってな雰囲気を醸し出しながら手を伸ばしたら、それをさらうようなら他人の「ピンポーン！」。あのね。侮辱罪を適用しますよ？　昔のロシアなら手袋を投げて決闘になるところですよ。「あっ、あの人、押したかったのに、誰かに先越されて恥かいてる。ぷぷっ（笑）」

降車ボタンを巡る攻防は人間の虚栄心や怨念を巻き込んだ実にシリアスな仁義なき戦いです。殺《や》るか殺られるか。これに勝ち、先日久しぶりにボタンが押せて心でヤッターと吠《ほ》えたら、そこ、終点でした。マジで訴えるよ？

飛行機で行こう：上

2013.6.20

海外、特にヨーロッパへ行く際、仕方なく飛行機には乗ります。だって毎回シベリア鉄道で行くわけにはゆきませんから。片道だけで旅程が終わりますから。

欧州へは格安航空券でアジア経由なので一回の旅行に最低四フライトは乗ります。飛行機は嫌いじゃないですが、毎年のように乗るからにはいつか落ちる日が来ます。わが亡骸《なきがら》はコーカサスの禿鷹《はげたか》の胃をみたすのか、はたまたタクラマカンの砂塵《さじん》と消えるのか。あわれスワ氏の運命やいかに！

いつだったか、旧ソビエト連邦の…エストニア航空でしたか、機内通路を挟んで左右に一列と二列の計三列という小型エアバスに乗った時です。機長も客席を通って最前のコックピットに入ってゆき、さあ出発。ところが自動で閉まるはずの密閉式ドアが閉まりません。すると巨漢のベテラン技術者が、さも「問題ない問題ない」といった仕草《しぐさ》でパーサーに「どいてろ」と（たぶん）言い、外からドアに渾身《こんしん》の足蹴りを喰《く》らわせて閉めるのを見ました。僕はお父さんお母さんと思わずつぶやいたものです。

そのフライトは無事でしたが、旧ソ圏の飛行機、特にロシアのアエロフロート航空などは一昔前「一か八か航空」と言う人もいました。今でこそ機内サービスも設備もいいアエロは昔、旧ソ時代の空軍の戦闘機乗りが操縦士をしているとさもまことしやかに噂《うわさ》され、あまりに操縦技術が高いので、機長さえ興に乗ればジャンボ旅客機でブルーインパルスばりの宙返りも可能などと言われていました。

さて、飛行機の楽しみは機内食です。僕などは前夜からビーフにするかフィッシュにするか、食後はコフィ、オア、ティー？　コフィ、プリーズ！　などと寝床で一人楽しく悶《もだ》えます。

以前、中華航空の機内食は「チキン、オア、フィッシュ？」でした。妻はフィッシュ。魚なんぞ誰が食うか、と思った僕は「アイライク、チキン！」。しかし蓋《ふた》を開けたら妻のフィッシュの正体はなんと僕の好物の鰻《うなぎ》の蒲焼《かばやき》。鰻がフィッシュかコラッ、鶏肉なんぞいつでもケンタッキーで食えるわ！　そう憤懣《ふんまん》やる方ない僕を慮《おもんばか》った妻は鰻を全部僕にくれました。いやー、フィッシュって、ほんっとにいいもんですね。で、同じ旅の復路。もう騙《だま》されませんよ。僕は即答「アイライク、フィッシュ！」。すると中身はツナマヨみたいな代物でした。俺はビーフが良かったの！

飛行機で行こう：下

2013.7.4

最近はテロ対策で機内への手荷物検査も厳重です。水分はコンタクト液等しか許されず、陶器や瓶類も国によっては調べられます。

昔、モスクワの空港で検査官の巨漢が僕の正露丸の小瓶を疑って蓋《ふた》を取り、鼻を近づけました。瞬間、彼はまるでウェイトリフティングの直前にアンモニアを嗅ぐ選手のようにぐわっと身を硬直させました。凄《すご》い剣幕で中身を問い質《ただ》され、僕は「オー、メディシン、アー、ストマックエイク」。そもそも正露丸とは「征露丸」、つまり日露戦争時にロシアを征伐するぞと兵士に持たせた薬です。その辺も含め元敵国人にはなんとなくうさんくさく見えたのか納得してくれず、拘留されそうな気がした僕はもう必死に「ウー、セイロガン、トレードマーク、トランペット、ユーノウ、ジャパニーズ、ハライタゲリゲーリ、♪ラッパカパッパーラッパカパッパーパーラララッパーパッパカパ…」と人目もあろうに、あらゆるジェスチュアと歌声で説明し、どうにか通してもらいました。

機内で思うことはいつも同じです。カーテンで隠された前方のセレブ席では一体どんな逸楽で客をもてなしているのか。機内パンフにある販売用化粧品類はスギ薬局ならいくらで買えるのか。今は邪魔なこの枕をどこに置いたものか。僕の席の担当スチュワーデスはあの若い美女かこの大柄なおばさんか。離陸の数分後に「ポーン」とシートベルト着用サインが消えるとなぜ皆待ってましたとばかりに一斉にカチャカチャとベルトを外すのか。

そして、機内トイレの排水の音はなぜあんなに恐ろしいのか。

初めてあれを聴いた時、僕は狭いトイレで絶叫しそうになりました。だって排水ボタンを押しても何も起こらず、おやと思って便器を覗《のぞ》き込んだ次の瞬間、凄いバキュームで「ひゅー……キュポオオオオ！」って。ちょっと。マジで訴えますよ。今じゃボタンを押した瞬間に耳を塞ぐ動作が身についちゃいましたよ。何も知らないもんだから、僕はまた昔の国鉄車両が汚物を線路に落としてたように、外部の空へ直接ウ〇〇が排出されるのか、とすればこの吸引力で僕まで高度何千メートルの空中に放り出されてしまう、と必死に壁にしがみつきながら、自分がウ〇〇と共に「あー！」とクレムリンの上へ落ちてゆく光景を脳裏に浮かべました。一種の「爆弾投下」＋「自爆テロ」と言えるかもしれません。

2013.7.18

やっぱ電車で行こう：上

電車が満員の時、僕が陣取りたい車内の場所は扉を入ってすぐ脇のあのスペースです。東京の学生時代、朝の電車で僕らは乗りやすく降りやすいあのスペースを巡って老若男女の別を越え、息詰まる神経戦・消耗戦を繰り広げたものです。

四月、大学新入生の僕は営団丸ノ内線の茗荷谷《みょうがだに》駅から数回の乗車で、乗り換え駅の赤坂見附《みつけ》での利便性が最も良いドアを突き止め、その入口脇の空間を狙いました。が、そこには見たところ十年選手らしき紳士が主《ぬし》のごとくじっと場を占めていました。

紳士ったって、ただの刈上げ眼鏡の小柄なオッサンです。彼は仏頂面でドア脇の縦の手すりを握りしめ、壁と数センチの距離まで顔を近づけ息をひそめて立っていました。その背後には痩せぎすのこれまた頑固そうなご婦人が懸命に手を伸ばし同じ縦棒の下部を掴《つか》んで、離してなるかと腕を突っ張っています。ははあ、ここには長い長い二人の確執の歴史があるのだと僕はピンときました。なぜって、三番手である新参の僕がその縦棒の上部を掴んだ時、手と手が部分的に触れたのにもかかわらず、オッサンは意固地に手を下へずらさず、棒のこの辺は毎日俺が握ってきたの！　とでもいわんばかりの自己主張、石地蔵さながらの頑《かたく》なな敵意を表明してきたからです。

　そうかオッサンよ、そういうつもりか。なら俺だってここは譲らねえぜ。お互いの手と手の接触面の体温の不快さにどちらが先に音《ね》を上げるか、無言の勝負といこうじゃねえか。そう腹を決めて持久戦に入った矢先、後ろの老婦人が僕の腋下《えきか》へタックルをかまし、僕の足の位置を立ちにくい歩幅まで詰めさせることに成功しました。なるほどなオバサンよ、あんたも同じ穴の狢《むじな》か。オッサン同様、俺を追い払いたいと。ならばこれでも喰《く》らえと僕は辞書の入ったショルダーバッグの重みを相手に微妙に判《わか》る程度にオバサンの手提げ鞄《かばん》の上へかけてやりました。オバサンの額に汗が滲《にじ》みます。まさに三つ巴《どもえ》。

　手強《てごわ》いのはオッサンで、彼は手から巧みに生温かい脂汗を出して僕の手に塗りつけてきます。僕が思わず小指を離し、カラオケのマイクみたいな持ち方になったのを見て、彼の横顔に薄ら笑いが浮かんだので、何をと僕が眼下のオッサンの旋毛《つむじ》に長々と吐息を吹きかけている時、まさにドアが閉まり、赤坂見附の駅が過ぎ去ってゆくのが窓外に見えました。

やっぱ電車で行こう：中

2013.8.8

会社員生活は計十三年、学生時代も含めると僕は十七年も毎日電車に乗っていたことになります。そしていつしか、僕にとって電車とは満員電車をさす言葉になっていたのです。無邪気な子供の頃は昼間の空《す》いた車内を弟と走って怒られたり、吊革《つりかわ》で吊輪《つりわ》をして怒られたり、車両と車両の間、あのぶかぶかの幌《ほろ》がアコーディオンさながら左右交互に伸縮する暗い個室に弟と閉じこもり、滑り止めの「／」印がたくさん浮彫《ふちょう》された揺れる鉄板の上に飛び乗って、「♪波乗りカモーン！」などと意味の分からぬサーフィンごっこをして転び、掌《てのひら》や半ズボンのお尻を、鉄板に塗られた黒い潤滑油《グリース》だらけにしてまた怒られたりしたものです。

ああ、懐かしき「本当の電車の時代」。大人になった今、それはどこか遠くへと消え去ってしまいました。

あの息苦しい朝の満員電車。混んだ車内では文庫本を読むか、寝るか、です。行き帰りの車内だけで週に二冊は読めたものです。強制的な「朝読」と「夜読」。

残業続きで疲れて本が読めない日もあります。そういう時は、朝だろうが晩だろうが、立って吊革に片方の手を掛けたまま寝るのです。そう、サラリーマン時代の僕の得意技は満員電車の中で立ったまま眠る、しかも忍者のように、短く深く熟睡することでした。

吊革のあの丸い輪っかにクッと右手を掛けます。そして右肘《ひじ》の内側に頬《ほお》をすっぽりもたせかけ、そのまま、右手が輪っかに力を加えている事実を忘却してしまうよう自分に暗示をかけるのです。…僕は眠る。右手は握る。手首から先と手首からこっち、それは別々の領分。右手は吊革の一部。僕は右手のことなど知らず眠る。ここはどこか異国の風光明媚《ふうこうめいび》な海辺で、パナマ帽の僕は汐風《しおかぜ》に吹かれ、昼からビールを飲んでいる…。

嘘じゃなく、この特技のせいで僕が駅を降りそこねたのは二回や三回ではききません。一つ前の駅を認識したのに、数分後、一つ後の駅で目を覚ますのです。立ってるのにですよ！　一番情けなかったのは昔地下鉄東山線の名古屋駅で降りられなかったことです。満員の伏見駅で一度起き、車内の中ほどの吊革でクッと寝て、ふと気づけばロングシートに人っ子ひとり座っていない無人の車両の中央で、僕だけ立って吊革にクッと手を掛け、苦しげに寝汗をかいて寝てました。そこはビーチではなく、ひとつ先の亀島《かめじま》の駅でした。

やっぱ電車で行こう：下

2013.9.5

二十年前、僕が名鉄の車掌をしていた頃、いちばん驚いた本当の話です。その日、普通電車で後ろの車両から順に、「次はー、名電山中《めいでんやまなか》です」と言いながら車内を回っていると、前方からもう一人車掌が「次はー、名電山中です」と言いながらやってきました。僕は驚いてあんぐり口を開けたまま、この僕よりもずっと年配の車掌と対面し、気圧《けお》されて思わず黙礼しました。

誰だ、教官の抜き打ち巡回か、便乗の車掌か。彼は僕と向かい合っても落ち着き払い、「前の車両に乗り越しのお客さんがおるで、ちゃっと行ったって。あ、そうだ、定期で東岡崎から名電赤坂《めいでんあかさか》まで乗り越しなら三九〇円ですよとは言ってあるけどが」と言いました。「けどが」は二つの否定助詞をなぜか二つとも使うという尾張の郡部の方言じゃないか、と一瞬思いましたけどが、僕は気を取り直し、「すみません。もう駅なんで扉扱いを済ませてから行きます。それか扉をお願いは…」「いかんわ、さすがに鍵までは持っとらせんで。そりゃ中間扉扱いとか一度してみたいのは山々なんだけどが」

僕が冷静さを取り戻し始めたのはこのあたりです。目の前の車掌をよーく観察してみると、どことなく胡散臭《うさんくさ》いのです。僕と同じ名鉄の車掌服を身に着けてはいますけどが、当時の制服の色である濃紺（今は深緑ですけどが）が微妙に淡いのです。まるでアオキか青山で無理やり似た色を見繕い、仕立てさせたような、生地も心なし薄手で、襟やポケットの形も僅《わず》かに違うのに、ぱっと見《み》はそっくりな、何か鬼気迫る執念を感じる、鉄道をこよなく愛する者の制服だったのです。帽子のMマークはたぶん紙製の精巧な手作りでした。

「あの、車掌区の先輩ですかね。名札はどうされ…」僕がそう訊《き》いたことが、彼を追い詰めたようでした。

「わしらなんも迷惑かけとらせんよ。扉も開けれんし切符も売れえせんけどが、正しい駅名伝えよるしゴミも拾《ひら》やあ老人に手も貸す、好きなもんで休みの日だけ車掌を手伝っとるんだて」

「では一般の方ですか。…非常の際など、乗務員が複数いるとお客様が混乱されますし、あ…名電山中だ」すると身を翻した彼は岐阜〜豊橋間の定期を見せ、無人駅を去ってゆきました。

今でも僕は思うのです。あの時彼は確かに「わしら」と言った、それはどんな敬虔《けいけん》な鉄道ファン達が集う、どんな巨大な秘密結社なのだろうと。

ネギとバゲット

2013.9.19

この前の六月に行ったばかりなのに、十二月にパリで開かれる文学シンポジウムの講演者・パネラーとして招待され、また渡仏することになってしまいました。
となると、また三食バゲットの日々がやってくるわけか…。バゲットって、あの硬くて長いフランスパンです。フランスの女性がかっこよく紙袋から出して歩いている、あのパンです。歯槽膿漏《しそうのうろう》の人なら泣きながら噛み噛みする、塩気の効いた香ばしいパンですね。

パリ市内を歩いていると本当にバゲット持ち歩きレディが大勢いて、フランス映画みたいだなぁって思います。そんなおしゃれなフランスから急に名古屋へ帰国して、否応《いやおう》なく、ああ、名古屋だなぁと思わされる光景は、大勢のお母さんたちが自転車の前カゴからネギの青いところを出して颯爽《さっそう》と歩道を走っているのを見る時です。でも僕はこういう勇ましいお母さんが大好きです。これぞ名古屋、日本の強いお母さんたち、と思います。後ろに大きな子供を乗せ、前カゴは野菜畑、右ハンドルにトイレットペーパー、左ハンドルに西瓜《すいか》二分の一。それで皆、平気な顔で走っています。

ここからがまたいつもの怒られそうな発言になりますが、名古屋だって名東区や緑区、千種区東部などのセレブリティ・エリアじゃパリジェンヌみたいなバゲット婦人も見かけます。でも、これは僕の偏見かもしれませんが、どうも西区や中村区、中川区あたりになると、完全になごやんぬというか、ネギ挿しお母さんしか見かけなくなります。

空港から来た電車を降りて西区を歩き出すと、前カゴから斜めに威勢よくネギを青々と突き出したお母さん自転車《ケッタ》に何台も遭遇します。いやー、ナゴヤに帰ってきたんだなあー。となります。長年西区民をしている者として、新しく西区民になろうという方がいらっしゃるなら、僕はこう進言します。こと西区では、高級ブランド服をさも普段着風に着こなしてシャンソンなど口ずさみつつ紙袋からバゲットをいかにもさりげなくのぞかせながら歩いていたらどこからともなく小石が飛んできますよ、と。

西区ではバゲットの他にもテニスのラケットの柄やバイオリンケース、ワインのボトル（赤玉は除外）などをのぞかせていても危険です。どうしてものぞかせたい人は、ネギも数本一緒にのぞかせておくことをお勧めします。

ああ、名古屋西高校…上

2013.10.3

皆さんは学校群というものを知っていますか。知っている、それどころかその制度で受験したという人、あなたは現在四十歳以上五十七歳未満（二〇一三年時点）ですね。僕はいま四十三歳。あと数年で群制度も廃止になっていた世代です。

若い人のために注釈すれば、人口増加で新設高校が増えた七〇年代、伝統校との学力格差が埋まらない、そこで伝統・新設・伝統・新設という順に各校に両手でペア（群）を組ませ、学校をでなく群を志望させて入試を行い、そこに合格してのち、二校のいずれかへ無作為に入学させられるという方式が学校群制度です。

こんな理不尽な制度がよく十五年も続いたものです。尊敬する人の出身校だからとか、自由な校風だからとか、あのグラウンドを染める夕陽が美しいからとか、そういう内心の希望は全て情緒的な、制度上聴くに値しない雑音にされました。

東京・千葉の他は愛知・岐阜・三重の東海三県と福井でしか行われなかったこの異常な制度。愛知の中でも名古屋学校群は十五群まである大きなリングで、菊里《きくざと》・千種《ちくさ》が一群、千種・旭丘《あさひがおか》が二群…（中略）…向陽・菊里が十五群で、これでぐるりと群の輪ができます。

伝統校である旭丘・菊里の間で群を組んだ千種、同様に明和・名古屋西と組んだ中村は提唱者のもくろみ通り進学校となりました。

割が合わないのは平均化して志望の対象にされにくくなった伝統校です。旭丘や明和は自力で踏みとどまりましたが、僕の出身校である名古屋西や瑞陵《ずいりょう》は押し下げられ、進学競争のさなか、伝統だった自由で懐の深い校風が逆に災いして、「名西《めいせい》へ行くとどっぷり浸《つ》かっちゃうぞ。瑞陵へ行くと遊んじゃうぞ」というので付いた呼び名が「名西温泉・瑞陵遊園地」でした。

わが母校名古屋西高校は性格上、無理でも余裕のあるふりを見せながら、0時限目から7時限目まであるようなガリ勉野郎の進学校を軽蔑していましたから、僕のように放課や昼休み中に勉強もせず好きな文庫本を読みふけりたい生徒にはうってつけの環境でした。

高校受験の前、僕はここだけの話、明和高校に行きたかったのです。柳原通《やなぎはらどおり》商店街の急坂をのぼりきった台地に広がるグラウンドからは校舎と空と雲しか見えません。それが何か青春だなあーっていう感じに思えました。結局、僕は家から近い名古屋西高へ入りました。でもその名西が最高だったのです。

ああ、名古屋西高校：中

2013.10.17

わが母校名古屋西高校（通称名西《めいせい》／西高《にしこう》）は、これまたわが母校天神山中学校の隣にあります。つまり僕は同じ通学路を六年も通ったんです。よくもまあ。

何のことはない、中学のグラウンドの柵の向こうには春から入る高校のグラウンド。部活で走る外周も、買い食いするパン屋も全部同じ。学校群の振り分けとはいえ、気づけば僕だけ妙な中高一貫「コテコテ西区民養成カリキュラム」に入れられちゃったみたいな、おい西区ってひょっとして脱出不可能の結界なんじゃね？　みたいな、何か釈然としない感じがしました。

でも名西は最高でした。青春でした。ノートとインクの匂いでした。嘘《うそ》、そんな匂いはしませんでした。

毎年秋には「西高祭」があり、何日も昼夜ぶっ続けで「マスコット」と呼ばれる巨大構築物をみな大工のようになって作りました。一年から三年までが縦割りの十のブロックを組み、ブロック対抗でマスコットの出来から合唱大会、体育祭の結果まで、総得点を競います。僕らのブロックは近所で解体の始まった二階建ての家の廃材を貰《もら》って運び、二階建てマスコットを建てました。これじゃ移築じゃねえか、明治村か、などと議論しつつ、中に畳を敷き屋根も付け、校庭に建ったその家に皆で住みました。

どの組も入校の禁じられた深夜に柵を越えてグラウンドに忍び込み、釘の頭に雑巾を被《かぶ》せ、音の出ないように打ちました。宿直の灯《あか》りを見るや柱の陰に頬を付け、息を殺しました。映画「大脱走」の再現でした。

三年生の担当は自分たちの教室を改造して小さなテーマパークを作ることでした。お化け屋敷から演劇シアターまで様々でした。僕らの組は教室に紙漉《す》き屋などの江戸の町を作ることになり、室長だった僕の暴走で板敷の床にびっしり砂利を敷き詰め、足の裏から非日常を味わわせよう作戦を決行しました。あの教室、土木工事やってたぞと言われながら、砂利の上で僕が脚本を書いた時代劇も上演しました。そうして僕らは当部門一位を獲《と》りました。

でも、砂利が床板を傷つけたと担任の土谷先生は校長から叱責《しっせき》され、なのに先生は僕らには言わず、叱りませんでした。それを知った僕らは先生の心に打たれて反省し、伝統の「自由な校風」がこうした責任の上に成ることを学びました。青春でした。汗と涙でした。これでよく大学へ行けたものです。

ああ、名古屋西高校：下

2013.10.31

名西《めいせい》も再来年には創立百周年をむかえます。そんな伝統校の伝統のセーラー服の襟の模様は「きしめんライン」、または「百メートルライン」といい、西高《にしこう》女子の矜持である反面、ダサさの象徴として、昔からたいそう野暮《やぼ》ったがられてきました。白地の襟に黒々と一本、ちょうど女子の親指くらい、いや、きしめんくらいの太さのラインが百メートル先からでも「あっ、西高だ！」と判《わか》るほどくっきりと引かれています。今やセーラー服は戦闘服などといわれますが、思春期の、恋と闘う放課後の女子高生にとって、制服のデザインはさぞ大切なのでしょう。

　地下鉄で夕方、電車が浄心の駅で停《と》まると、乗ってくる乗ってくるきしめん娘たち、今風にいえばＫＳＭ48とでもなりましょうか、黒く太い一本線をくっきりと健気《けなげ》に背負っています。

　同窓の人情というか、僕はＫＳＭの子らを見ると、百メートル先からでも何だか「あ、後輩の子たちだ、可愛いな」と、実際にはＡＫＢやＳＫＥほど美貌《びぼう》でなくとも思ってしまいます。

　でもこの同窓の人情というやつ、そうそう馬鹿にもできません。西高は縦にも横にも結束が異常に強く、実際僕も、同窓だからというので編集者から原稿依頼が来たり、同窓の先輩作家の清水義範《よしのり》さんと誌上対談ができたり、そもそもこのスワ氏文集《もんじゅう》が始まったのも名西剣道部の一つ上の先輩が本紙の記者だからです。

　大げさにいえば「名西華僑《かきょう》」とでもいった恐るべきコネクションが世界中に張り巡らされているのです。

　例えばこんなことがありました。僕が大学で持っている講義は期末に単位を出します。僕は出席にも成績にも興味がないので、レポートさえ出されていればＡやらＢやらを与えます。甘いのでＣ（優良可の可）は滅多《めった》につけません。ある時、少々お粗末なレポートがあり、残念、Ｃだなとペンが紙に触れました。と、見ると末尾にこうあります。「先生、ちなみに私も名西です。スワ氏文集、大好きです。終わり。」……きしめんラインが眼裏《まなうら》にチラつき、気がつけばアレレ、紙にはＢと書かれていました。ＣともいえＢともいえ、大差があるわけじゃなし、Ｂでいい、別に贔屓《ひいき》でも何でもない、彼女のレポートは一見ＣにみえるＢ、いやＢ以外であろうか、もしかしたらＡとも思えるＢで、明日読み返したらＡかもしれないのだ！

……こういうのが、名古屋西高校です。

死ねと言う子供たちへ

2013.11.14

以前ファミレスの隣の席で騒いでいた子供が父親に「マジ死ね」と言って笑っているのを聞いて驚いた。父親も笑って頭を掻《か》いている。低劣な親だ。僕はこういう感覚の鈍い「マジ死ね家族」が大嫌いだ。死ねと言って笑い合う家族より、死ねと言って憎み合う家族の方がまだおかしくない。

僕はネット嫌いなのでSNSもせず、そもそもログインというのをするとパソコンを乗っ取られ警察に踏み込まれると思っているアナログ人間だが、一度学生にスマホを見せられ読んだ「ライン」（線でもドイツの川でもない。抑揚はワインのようには下げず、土瓶のようにマヌケに上げる）での彼らの会話に辟易《へきえき》した。

「10分位遅れそう＜＞息切れて死ぬｗ」「おせーよ、死ねよｗ」「ほんと死ねよ私ｗｗ」「罰でメシ奢《おご》れｗ」「やだｗｗ今金なさすぎて死にたいｗ」「いいよ死んでｗ」「自分でも死ねって思うｗｗ」

仙台での小学校時代、同組の女の子が他の女子たちから「冗談で」死ねと言われ、葬式ごっこもされていた。もともと血友病だった彼女が学期中に死に、皆で本当の葬式に出た。

死ねと言っていたら死んだ。級友の言葉が叶って彼女は死んだ。本意などは関係ない。死ねというその言葉自体が望むのは相手の死なのだ。

子を持つ親に「死ねと言う口癖をやめさせる方法」をよく聞かれる。子の前で本当に死んでやるしかないと僕は答える。子供は貧しい語彙《ごい》の中から最大級の感情を表す言葉、人に最もインパクトを与える強い言葉を探す。米国の「サノバビッチ」（売女《ばいた》の子供）、中国の「他媽的《タアマアデ》！」（お前の母親を！）も酷《ひど》い言葉だが、「死ね」ほど直接的ではない。死ねは相手の生命を否定する語感の強さゆえ、馬鹿や阿呆《あほ》程度では飽き足らぬ世代に親しまれ始めた。小中学校だけでなく、高校や大学、稀《まれ》に成人にもこれを使う感覚の鈍い人間がいる。

死ねを口癖にする全ての子供に言う。死ねと言うお前の方こそ死ね。お前の言いわけと同じ「冗談」でこっちも死ねって言ってんだよ。お前が親に死ねって言う。ああ同感だ、お前の親など死ね。お前が友達に死ねって言う。ああ同感だ、お前の友達など死ね。お願いだから死ね。お前とお前の家族や友達が死んだら世界中が喜ぶからすぐ死ね。

死ねと言う子供は耳が麻痺《まひ》しているので、他人に死ねと言われても治らない。親か友達か自分が死ななきゃ治らない。

2013.11.28

口を大きく開けまして

夜の終電の中で、うつむくのでなく、まるで眉間《みけん》を撃ち抜かれた死体のように後頭部を窓ガラスにもたせかけ、大きな口を人目も憚《はばか》らずに開けて寝ているうら若き乙女。こういう女性たちをここ数年、忘年会の季節には実によく見かける。

僕もしたことがあるので解《わか》るが、この寝方が最も首や肩の力を抜いて寝られ、楽なのだ。鼻づまりの人などは喉《のど》で呼吸がしやすく、より安眠しやすいだろう。

唯一のリスクは、車内の明るい蛍光灯の下、他の乗客にその超弩級《ちょうどきゅう》の間抜け顔をこれでもかというくらいじっくり見られることだ。僕なんかもそういう娘を見ると「あーあー」と心の中で憐《あわ》れげな声を出してしまう。日本語に「あられもない」という言葉があるが、彼女の顔はまさにそれだ。でも寝顔ぐらいでさすがに揺すって起こすわけにもいかないところは、ズボンのチャックを開けている人に「あのそれ、見えてますよ」と言えないのと同じだ。

目の前の吊革《つりかわ》につかまりながら、暇を持て余した僕は彼女の奥歯や喉チンコの向こうまで、何分も何分も、熱心につくづく観察する。まるで口腔《こうくう》外科医にでもなった気分だ。咽喉《いんこう》の奥という、仮にもうら若い女体の内部の、桃色にひくつく粘膜を凝視するという行為は、僕をひどくみだらな、犯罪者じみた気持ちにさせる。もし女性読者が今度そういう娘を電車内で見つけたら、そっと耳打ちしてあげるといい。「あなた、口の中、スワ氏に見られてますよ！」

江戸川乱歩の『屋根裏の散歩者』の主人公は、天井板の節穴の真下で寝ている男の、大きく開けられた口の中に毒液を垂らし彼を殺害するが、それは余りに無防備に口を開けて寝ている人の姿を見て、ふと起こった衝動だった。殺害までせずとも、普段は隠されている他人の口内が、どうぞとばかり眼下に晒《さら》されれば、人は何か悪戯《いたずら》したくなる。動物園のカバが口を開けた時、ほんとはダメだが、子供なら何かそこに放り込んでみたくなる。終電の乙女たちの口にも飴玉《あめだま》か何かを放り込んでみたくなる。

最近は顔中を蓋《おお》うマスクが流行《はや》っていて、彼女らは以前よりも寝やすくなったらしい。呼吸の度にぷかーぷかーとマスクが膨れたり凹《へこ》んだりしている。その不織布の表面に糸電話の糸をつけてピンと張って、こっちの紙コップから「あーもしもし？　そちら喉チンコ？」って話したら彼女驚くだろうなあ。

2014.1.9

般若腹イタ心経

あけましておめでとうございます。年末、フランスでの仕事から帰り、残しておいた何本もの原稿を寝ずにぶっ続けで書いた明朝、半分さめた風呂でうたた寝して風邪をひき、翌々日トイレで下痢と闘い、脂汗を流し、意識朦朧《もうろう》、痛みが治まるようひたすらお経を唱えていたとき出来たのがこの何が何だか全く意味の通じない文字列、破れかぶれの阿呆陀《あほだ》羅経《らきょう》です。人間、痛いときには何か無意味な言葉にすがりつき、やたら反唱したくなるものです。それをどうしてもここに書きたくなりました。この呪文が僕と痛みを分かちあったのです。今まで僕のエッセーを漢文でも古文でも全て没にせず掲載してくれた本紙の度量は解《わか》っておりますが、今回はあの般若心経《はんにゃしんぎょう》の音《おん》の模倣だけで、中身に一切意味がない点が不安です。載るか反《そ》るか。どうか般若心経をご存じの方はご唱和下さい。スワ氏版新春般若《はんにゃ》腹イタ心経《しんぎょう》。どうぞ。

まーかん、ほんにー、腹いってゃぁー、しんどー。

寒時《かんじ》、大忙殺、行水《ぎょうずい》、不安や、腹ー《はーら》、いってゃー。重症、兼業、本、買い、請う、同エッセー、喰《く》うや喰わず、シャーリーズ・セロン式、WHO《フー》？胃医？喰う、喰う、不意、敷き敷き、嘘《うそ》くせ、喰う？喰う！卒業式じゅう、早暁《そうぎょう》、失脚分、納税、チャーリー・シーン税、商法、空疎、風葬、風滅、諷句、風俗、減税、航空宇宙、無意識、猛獣、卒業式、無ー限に、微・舌診《ぜっしん》医、蒸し器、商工会議所見に、即訪問、厳戒ない？シィイー……、ムーミン主義かい！むう…むう…妙薬、むう、ムーミン陣、内緒、ムール美味《おい》しい、悪夢、老詩人、無口臭、名鉄、どう？無茶苦茶、猛特訓、淫夢、所得高、膨大、札束、エ？ハンニャー、腹いってゃぁー、腰、向けえ、いかん、向けえ、逃げ込む、工夫、オンリー一歳、天井、夢想、喰う、今日、姐《ねえ》はん、三千円少々（ぶっちゃけ）、ええ、ハンギャー、ハーラー一等、こう説く？ああ退《の》く？パーラー「三百・三歩」！大工事、フンニャァー、腹いってゃー、自衛隊自粛、じぇ、大名、十全、無常、修繕、ムートンどーしょう、農場、エサ行く、真実不幸説、半裸ー、腹いってゃぁー、収束せぇって、スワテツ。ギャァー、イッテャーギャー、いってゃぁ、腹ぎゃー、痛《いた》ゃー、腹？　そうっ！　ギャー、イテェー、傍受、スワか、犯人は。神妙にしろー。

ありがたや腹イタ心経の功徳《くどく》

2014.1.23

前回の馬鹿馬鹿しいお経の話にかなりの反響があった。本紙宛て投書、個人メール、立ち話など、年齢性別も様々。多くは好意的なクレーム、いや、苦笑つきの苦情といったものだった。

「ちょー、スワさん、ええ加減、頼むて。あんたのお経、年明け家族じゅうで読んでから、葬式も法事も出れんようんなってまったがや。遺影がたまたま少し面白え顔しとるだけで笑えてまうのに、お寺のおっさまがお勤《つと》め始めやっせると、とたんにうちのチビんとらあ、出たぁ、まーかん腹いってゃぁ腹いってゃぁって座布団の上で七転八倒のたうちまわりだわ。ほんなもんお弔いんならすか。死んで笑われとりゃ世話にゃあわ。死なした仏も浮かばれん。どうしてくれるう？」

「日ごろ写経に勤《いそ》しむ者です。あれ以来、筆先がぷるぷる震えてお写経になりません。淫夢とか舌診《ぜっしん》医とか、猥《みだ》らな邪念に、心が落ち着くどころか、書くほどに心乱れるようになりました」

「どもー。お経って聴いてもよく解んなかったけど、字にすると案外ポップで、WHOとかアルファベットまで出てくるんすね～。びっくりっす！　シャーリーズ・セロンやチャーリー・シーンも出てきたんで、久しぶりにハリウッド映画でも観《み》ます☆」

「先日科学館へ彼女と行った帰り、目の前に商工会議所があったんで、本当にガードが厳戒なのか即訪問して見てきました。別にどうってことはなかったです」

「スワ君、久しぶり。腹イタ経読んだよ！　個人的にはあのムーミン主義ってのが好きです！　国粋主義とか利己主義とかだと重いけど、ムーミン主義はほのぼのして癒《いや》される〜笑。フィンランドに行きたくなった！」

「お経の中に、じぇ、って一瞬出てくるがね。スワさん何だかんだ言ってあまちゃん好きなんでしょぉ。恥ずかしことあれせん、隠さんでもええて。紅白観とらした？　か〜わいかったがね能年玲奈。あ、いかん、スワさんは有村架純《かすみ》推しだったわ。じぇじぇじぇ！」

「文集《もんじゅう》拝読。拙僧如《ごと》きに苦言を申す資格もないが抑《そもそ》も般若心経とは…（後略）」

「初めてお便り致します。亡父が生前スワ氏文集の大ファンでした。そこで失礼とは存じますが来月の三回忌にぜひ腹イタ心経を仏前で詠んではいただけまいかと親族を代表しお願い申し上げる次第です。もしお聞き届け下されば故人もさぞあの世で呵呵《かか》大笑《たいしょう》するに違…（後略）」

「まーかん」が解らん？

名古屋人なのに解《わか》らん人がおるんやねー、「まーかん」の意味が。びっくりしてまうわ。

2014.2.6

「あのー、諏訪さんにお伺いしてもよろしいですか。腹イタ心経はもうじゅうぶんなので、引っ張らなくていいんですけど、あの最初のまーかんっていう掛け声みたいな、お囃子《はやし》みたいな言葉、何ですか？」

　見たら十代後半くりゃぁの割かし品のええボンボンだわ。困ってまって、どーしょーか、まあほかっとこかー思ったけど、見るからに素直そうなええ子やし、察するに、父さん母さんが「まーかん」なんていうネイティヴな言葉を教えさっせなんだちゅうか、そもそもその上品な父さん母さんが「まーかん」って言わっせんような平和な家庭のあったきゃぁ繭ん中で育ってきたようなボンやもんで、俺もまあ「なにぃ、父さんとか母さんとか親戚の人んらぁとか、まーかんって言っとれせなんだ？　聞いたことねゃぁ？」って言ったったわ。ほしたらその子、「トーサンとカーサンって、ああ、お父さんとお母さんにですか、聞いたことありませんね」いうてきたわ。

「そもそもそれだて。いま俺の父さん《トーサン》と母さん《カーサン》の発音が解らんかったやろ。あんたの父さんと母さんの抑揚はゾウさんとターザンなんだわ。名古屋人は賢《かしけ》えもんでほりゃ解ったらんでもないけどよ、ほんとの発音は父さんは倒産、母さんはヤーサンみてゃぁに平坦《へいたん》な抑揚で言わなかん。このヤーサンみてゃぁな母さんと、あんたの訊くまーかんがこれまた同《おんな》じ抑揚なんだて」「解ります」「だろ、で、まーかんは東京弁に直すと、もういかん、もういけません、限界だいうことだわ。いかんは解るやろ？」「遺憾に存じますの遺憾ですね」

「……や、ちょっとちゃうけど…まあ心意は同じだわな。官房長官があの失言はいかん、いかんと思ういう名古屋語が永田町で訛《なま》って使われとる。流行《はや》りだわ。まあ遺憾で、まーかん。案外《あんぎゃあ》腑《ふ》に落ちるな」「あの遺憾は名古屋のいかんだったんですか！」「ほうや？　何を興奮しとるの。あの国まーかん言うのを何《なん》やらカッコつけていかんに思うとか言っとるんだわ」「たいへん遺憾です、も…」「どらいかん、まーかん、だわ」「有難《ありがと》うございました。帰って倒産に話してみます」「諏訪が言っとったー言わんでね」「え、なぜですか？」「何でって、そりゃ……俺も一応作家の立場があるし……倒産に本当にまーかんって思われてまうし……」

ゲリ・ゲラ・ゲロ：上

2014.2.20

いや、別にその、なんすかね、この見出しで今から三題噺《さんだいばなし》書こうってんじゃないっすよ。ただのノリっつうか、流れっつうか、何、ゲロの話書こうかって。最初はね。したらやっぱゲリがセットじゃないっすか。いや、下から来るなら上からもって感じで。ゲロとゲリっていう。まあ絵本の『ぐりとぐら』みたいでいいかなって。でもほらゲロ、いやゴロが悪いっすよねこれ。ゲロとゲリじゃ。だから別にセットにすることなかったけど、毎度ファックスから出てくるゲラさんも入れてやろうかーみたいなね。で、いろいろ並べかえてみて、しっくり来《く》んのはゲリ・ゲラ・ゲロだったたってだけで。なんでしっくり来んのか？……っつわれても解《わか》んねえけど、まあベム・ベラ・ベロ的な歴史上の先例があるわけじゃないすか、人間になれなかった三人、じゃねえや、三匹？　そう。いや、出まかせじゃないっすよ。ま、ちょっとあるけど。なんで、とりあえずこのタイトルで行こかーってとこまでは。ですかね。もともと俺「ゲ」っていう字とか音がやたらおっかねえっつうか。ゲリもゲラもゲロも、出るとめちゃテンション下がるじゃないすか。だから俺、長いこと下呂温泉も行ってねえし、ゲリラ戦術っていう革命関連でよく聞く戦術もめっちゃ怖えし、他にも外道・劇薬・逆鱗《げきりん》・ゲシュタポ・外科・下剤・元凶・下手人・月収・現実・原発とか、まあことごとく嫌いっすね。見るのも聞くのも嫌っす。なんでって、俄然《がぜん》萎《な》えるじゃないっすか。「ゲ」のつくもんってたぶん「下」の字のニュアンスとかもあるのか、全体に貶《おとし》められてるじゃないすか。関係ねえけど俺子供のころ鬼太郎《きたろう》怖かったっすよ。なんせゲタ履いてて、ゲゲゲっていうイミフな冠詞（？）つけて片目で歩いてくるんすから。あと、これこそマジで関係ねえけど革命家のゲバラも怖かったっす。ガキだったんでゲバラもゲリラも一緒くたで。まあ、なんとなく関係ないこともないってほどの距離感なんすけどね。ゲリラって、言ってみりゃゲバラの代名詞なんすから。星の付いたベレーに、あごひげ生やして、下半身はゲソみてえな多足獣の姿でよく夢に出てきたもんすよ。今じゃ俺ん中の尊敬すべき英雄なんすけど。そう。ってことで。うん。あれ。何の話すんだったっけ？　えーと、お、ファックスが何かオエエーって吐き出してきた、あ、そうだ、

ゲリ・ゲラ・ゲロ：中

2014.3.6

そうだ、ゲラで思い出した、この前、十一月の末に天神山中学校の同窓会に呼ばれて、ほぼ三十年ぶりにみんなと会ってきたわけっすよ。中学には当然同じ小学校の同級生もたくさんいて、みんなとはもちろん生まれて初めて酒飲むんだけど、どっかの課長みたいな完全な大人がイェーイって真っ赤な顔で体当たり＋チャランポ（太腿《ふともも》の外側を膝蹴《ひざげ》りする危険行為。一瞬立てなくなるほど痛い。後遺症で傷害罪にもなる）とかしてきやがって、何、お前いま小説家ってマジか、フランス書院で『団地妻の悶《もだ》え』とか書いてんのか、そうかー、でも諏訪の思い出っていやぁあれだな、テスト中にゲリで保健室行くのと、合宿のバスに酔ってゲロ吐くこと、それしか覚えとらんわ、おお、そうや、諏訪っていやぁゲリかゲロってくらいのもんだった、遠くからチラッとバス見ただけ、それか酔い止め薬を舌先に載っけただけでもう酔ってくる、トラベルミン諏訪、大型バス路肩緊急停車の諏訪、全身痙攣《けいれん》阿波踊りの諏訪っていやぁちったぁ知られたもんだ。ってみんなが言うんすよ。確かにバスは嫌いでしたけど。匂い、アイドリングの振動、縦揺れ横揺れ、グッと停止してゲッと発進。山道カーブ、右、左、右、左、停止、発進、停止、発進。ウィンカーのカチッカチッの音だけでォオエエエー。酔い止め呑《の》んでその味でオエーッて酔ってたら確かに本末転倒っすけど、これ、車酔いする人間にしか解《わか》らんのかなー。でもね、不思議なもんで高校に上がるとピタッと酔わなくなって。バスん中で悠々カラオケなんかもできちゃう体になってね、ゲロって何、してるやつバカじゃね？　みたいな。大学ん時リュック背負って世界中放浪したんすけど、十九歳で行ったアメリカ・メキシコ一カ月半、特にメキシコの北端から東端まで延べ八十時間バスで旅した際、席の前後が狭い中に体折り畳んだなり、昼、夜、昼、夜、昼って、運ちゃんカーステでラテン音楽大音量鳴らしっ放し。乗客のアミーゴらテキーラ飲みっ放し。ゲロ？　全然。ケロッとしたもんすよ。こんなふうにトラベルミンは返上したんすけどね。実は、何の因果か大人の世界っていうのは…うん。この後、子供ん時よりたくさんゲロ吐く運命がね。酔いは酔いでも乗り物じゃなくあれ、そう、飲み物。それがまた聴くも涙、語るも涙の話でまったく、あ、

ゲリ・ゲラ・ゲロ：下

2014.3.20

あ、まあ、これも昔のことなんすけど、大学入学時に上京して、俺、茗荷谷《みょうがだに》の愛知県学生寮っつう同県人しか入れない男子寮に入ったんすよ。文京区なのに安くてね。六畳二人部屋だけど水道光熱費込み月三万。でもここの新歓コンパが地獄で。あの、これどこまで時効でどこまでオフレコなんすかね。ま、いいや。高校を出たばっかの十八歳に呑《の》ませる呑ませる。安いポン酒をデカい丼《どんぶり》に表面張力まで注いだやつ八杯一気飲み。何代も続く馬鹿な因習で。今はないっしょ。でも俺らん時はあって、しかもアル中の寮長（大人）が同席黙認。毎年救急車が来てね。よく告発されんかったなぁ。この寮、出身は皆愛知だけど

入った大学は皆バラバラ、ただ比率的に多かったのは東大と早慶。早慶は敵《かたき》同士なんで酔うと寮内リレーが始まる。早、慶、その共通の敵東大、その他、この四組に分かれスタート。ポン酒を吸収のいいポカリスエットで割ったのを丼で呑んだ奴から中庭を出発、四階の廊下の奥で折り返して帰ってきて、ヘロヘロ千鳥足で第二走者に交代。またそいつがガブガブやって駆け出す。最終走者が戻ってくる頃には中庭一面ゲロだらけ。この馬鹿リレーをやろまいと言い出すのはたいてい早稲田なんすよ。あいつら酒だけは強いんで、学力で勝てんかった東大をゲロで潰すため、まず慶応を挑発し、嫌がる東大を無理に引き入れ、その他の大学まで巻き添えにする。マジ命を落としかねないリレーっす。今の子には信じられんだろうな。階段駆け上がってく途中からほぼ意識ないし。廊下がグニャグニャに見えて。途中で潰れてたら仲間に蹴られ。生き地獄っすよ。ああいう不条理な地獄がまだあった時代だったんだなぁ。俺、そのバカ因習に負けたくなかったんで、つらい一・二年を終えてから引っ越したんすよ。意地っつうか。でも名鉄に入ってからもよく吐いたな。名鉄ってあの寮と似てんだよな。通過儀礼とか好きだし。そういやあ大学三年の時、弟とパキスタンやインドやネパール行ったんすけど、イスラマバードの市場《バザール》で俺だけ飲んだマンゴージュースが中《あた》って翌日白昼の広場で呻《うめ》きつつズボンを下げ、口と尻、上下《うえした》同時にゲ◯とゲ◯出しました。今までの全ゲリゲロで一番苦しかったっす。弟が病院担ぎ込んでくれんかったら死んでた。そしたらこのゲリ・ゲラ・ゲロの三回連載、いや、この『スワ氏文集』自体がなかったんだ。助かってどうもすいません。

薬箱をあけたら

2014.4.3

少々お伺いしますが、皆さんは「赤チン」をご存じですか。あったりめーだろという方、九割。えと、えと、ママ知ってる？　ボク知らない、エッチなもの？　という子、一割。でも、この一割が十年後に二割、五十年後に九割になるのです。

「馬っ鹿だなぁ。頭に赤チン塗っとけ」「あかちん？」という時代が来るのです。

「♪赤チンが終わって～僕らは生まれた～赤チンを知らずに～僕らは育った～」という歌を口ずさむ子供たちが出現し始めたのです！

赤チンが通じないことにも驚きましたが、もっと驚いたのは、いま赤チンが製造されていないという事実です。赤チンがなかったら、膝《ひざ》を擦りむいたとき、どうするのですか！

うちの実家にはまだ赤チンがあります。祖父が生きていた昭和の昔からずっと同じ、小さい箪笥《たんす》のような形の、古い薬箱にそれはしまわれています。その中にはもう何十年も前に使用期限の切れた、嗅げば懐かしい匂いのする薬たちが縦になり横になり詰め込まれています。僕は昔、口寂しくなると、病気でもないのにこの箱から肝油や浅田飴《あめ》を出してねぶったものです。知らない子は得意のなんとかぺでぃあで調べなさい。

ところで皆さんは「うづ派」ですか、それとも「ひや派」ですか。うちは「うづ派」です。昔はお腹《なか》が痛くなると、細い透明なガラス瓶の中の金色に光る小さいビーズ玉みたいな宇津救命丸《うづきゅうめいがん》を十粒ほど呑《の》まされたものです。長ずるにつれ、それは御岳《おんたけ》百草丸になり、正露丸になりました。うづ派の我が家には樋屋奇応丸《ひやきおうがん》はありませんでしたが、何でも、呑むとたいそう哀切な男声合唱がお腹から聴こえてくるという噂《うわさ》でした。「♪ひやひや、ひやのひやっきおーがん〜」知らない子供はU中部を見なさい。

今の子はタイガーバームも強力わかもとも知りません。「頓服《とんぷく》」と言っても平成狸《たぬき》合戦だと思うでしょう。

この前実家の薬箱を懐かしくあれこれ見ていたら小さな瓶の今治水《こんじすい》が出てきました。細長い小箱には申し訳程度の綿のかたまりも変色しつつ入っていました。この綿を祖父がピンセットで小さくちぎって、金色《こんじき》に輝く今治水に浸《ひた》し、歯痛《はいた》で泣く僕の虫歯の穴に詰めてくれるのでした。あのしばし恍惚《こうこつ》とする、痺《しび》れるような不思議な味…。おや、あなた、いい大人なのに今治水を知りませんか。今治る水と書いて今治水。一家に一瓶ですよ。

「つくる」者たち：上

2014.4.17

僕の仕事は文字で「かたる」ことだ。堅気《かたぎ》の生業《なりわい》ではない。小説という営為は「語る」と「騙《かた》る」の正邪両道の矛盾を併せ持ち、その両道とも必要だ。「虚」から材を得て「実」へ返すともいうが、嘘《うそ》を嘘として公然と売り捌《さば》く外道《げどう》の業《わざ》だ。

作家の「作」の字に既に正邪はある。創造や作成の「つくる」と捏造《ねつぞう》や作為の「つくる」。今年は妙に後者の「つくる」をよく見る。

全聾《ろう》の天才作曲家像がつくられ、白血病治療薬の研究報告がつくられ、潔白かもしれぬ若き拳闘家《ボクサー》の半世紀近い生涯を奪ったのも、かつて味噌蔵《みそぐら》で血染めの服がつくられたためだった（袴田事件）。

人は金も名声も欲しがる。それを得るには努力も忍耐も必要だ。ところが功を焦り、労せずそれを得ようとする結果、嘘を「つくる」。

例えば人がスポーツで金メダルを欲する時、その結果から逆算して今自分がなすべき努力を定める。だが功に焦った者の目には正と邪の二股が見え、手っ取り早そうな邪道に魅《ひ》かれた卑怯者《ひきょうもの》がドーピングを犯す。

選挙も同じだ。当選から逆算し、ズルをしても勝ちたい強欲が汚い金を生む。

年末に決まる「今年の漢字」は、数年前と同じ「偽」でなければ「造」だろう。偽《にせ》ベートーベンなど露払いに過ぎない。僕が真に衝撃を受けたのはあの事件だ。あの事件での「つくる」の正邪ほど両義的なものがあろうか。

彼女が未知の万能細胞をつくったのか、その話をつくったのか、未《いま》だ不明だ。が、その論文自体は何カ所もの「悪意なきミス」の集積によりつくられている。

僕は科学には昏《くら》いが、あの論文の複数の「悪意なきミス」が作為なしにはつくりえないことは書く者の勘で判《わか》る。「悪意なきミス」を全く偶然にあれほど積み重ね得たことが奇跡だろう。

学生の中に、稀《まれ》にネットの文章を丸写《コピペ》しし、自分のレポート然と提出してくる者がいる。

彼は労力をパソコン上の記号操作としか思っていない。金を稼ぐにもどこをクリックすればら稼げるのかばかり考えている。

本件で僕が最も残念に思うのは、よし万能細胞が実証されても、結果万歳の一発逆転で論文の瑕疵《かし》や執筆倫理違反の咎《とが》まで帳消しにはならない点だ。科学賞にも紅白審査員にも永久に縁はなかろう。心から彼女を寿《ことほ》げない。将来その発見が人命を救っても、彼女は万能細胞をつくり論文もつくった者として不滅の名誉と不滅の汚名とを共々に冠され続ける。

2014.5.1

「つくる」者たち：下

一年ほど前、ある芸能ネタが巷《ちまた》に流れた。昔、写真週刊誌と揉《も》めて謹慎していたビートたけしやその軍団に、仕事仇《がたき》である志村けんが善意の経済援助をしていたという美談。当の軍団員が発見・否定し、何者かによる事実無根の捏造《ねつぞう》だったことが判《わか》った。大方の読者はお忘れだろうと思う。小さな話だが、現代人の根深い「業《ごう》」が顕《あらわ》れた事件だ。

ネットのSNSに上げた話題で閲覧者を共感させ、極力長くそのページに留《とど》まらせるか、「いいね！」を多くクリックさせると、相応の広告収入が稼げる仕組みのあることを僕は知った。

とすると、喉《のど》から手が出るほど金の欲しい発信者は何でもいいから賛同者・読者を獲得して「いいね！」を押させたいわけで、病気の家族を背負って闘うアスリートから被災地の感動話まで、ありとあらゆる分野の感動実話を探しまくり、アップしまくる。やがて金になるネタがなくなると、姑息《こそく》にも、架空の「感動実話」を適当に自分でつくる。

この流言の当時、広告収入目当ての美談の捏造は「あり」か「なし」か、ひとしきり論議があった。「あり」派は、当事者以外には害を与えていない、嘘《うそ》は承知だが人を感動させる嘘なら罪ではない、という。「なし」派は、虚構でなく実話を装った根も葉もない捏造美談で無知な読者を誘引する行為自体に倫理《モラル》の欠如がある、そういう主張だった。

もちろん僕は後者と同意見だが、このとき驚いたのは「あり」派に与《くみ》する発信者の倫理観の鈍磨よりも、受け手側の主体性やプライドのなさだった。その受け手たちは、たとえ捏造美談に騙《だま》されようが、それに感動するのなら嘘でもいいじゃないかというのである。

僕は嫌だ。嘘と解《わか》って嘘を読むのでなく、実話と信じて嘘を読み、騙されながら徒《いたずら》に捏造者の懐を温めるのに手を貸す、無自覚な馬鹿になるのは耐えがたい。

例えば缶飲料のＣＭでタレントが喉を鳴らし「プハー！」と笑う時、その缶が初めから空であることはよく見れば判る。飲料を嚥下《えんか》する数秒の時間を惜しむ、または直後の発声を明瞭にするための「嘘」。判る者は判りながら騙されてやっているわけだが、僕はこれも嫌だ。ＣＭに馬鹿にされてやっている馬鹿な視聴者の役を、一方的に強いられている自分の面の皮が嫌だ。

正直者でなく捏造者が利を貪《むさぼ》る時代。安直な嘘とそれを許す鈍感者らの時代が来たのだ。

※絶対マネしないで下さい

2014.5.15

※絶対マネしないで下さい、っていうテロップをテレビでよく見かけますが、今回はそういう話です。絶対マネしないで下さいね。

僕は昔から「そうだ、一か八かやってみよう！」といっては何の見返りもない「実験」がしてみたくなる子供でした。母もよく「哲史はいかん、考えられんことする子だで」と言いました。僕はこの衝動を「チャレンジ」と呼んでいます。

例えば以前、実家の古い薬箱の話をしましたね。あの中にあった顆粒《かりゅう》の胃腸薬を密《ひそ》かに自宅へ持ち帰り、一か八か「チャレンジ」してみました。服用期限は昭和五十八年。三十年以上も前です。ああ、昔じいちゃんが旅先で買ってきた薬だ、懐かしいな、まだ効くかな、そうだ、呑《の》んでみよう！　とはいえ、もしかしたらのたうち回って病院搬送、命を落とす危険もあります。

だからチャレンジしたいんじゃないですか！　母にはその辺がよく解《わか》らんようです。皆さんは解りますよね。これを呑んで、死んだじいちゃんと一蓮托生《いちれんたくしょう》、まあこっちは死んでないのでフェアではありませんが。

呑みました。何ともありません。胃腸快調！　食欲増進！　身体にピース！

コッペパンに縦の切り込みを入れ、そこへメロンやらバナナやらのクリームがうにょーと挿《はさ》んである安い菓子パンが僕は好きなのですが、先日戸棚からひと月前に期限の切れたやつが黴《かび》一つない姿で発見されました。お、これ、喰《く》えるかな、喰えんかな、どっちかな、知りたいな、死ぬかもな、でもいい、食べてみよう！

食べました。おいしい！　胃腸快調！　身体にピース！

米櫃《こめびつ》の横の棚にはゼロ年代に期限の切れた麦茶も、二年前に期限の切れた袋ラーメンも見つかりました。

チャレンジも好きですが「アレンジ」も好きです。そのラーメンの鍋に妻が隠し持っていたカーニャバウダー？　だか何かわけ解らん片仮名調味料を片っ端から放り込み、ワサビ、生姜《しょうが》、粉チーズ、鷹《たか》の爪《つめ》、蜂蜜少々、マヨネーズ、ポン酢大匙《おおさじ》一杯、八角二個（子供の頃ナツメグの実を削るとは知らず粒ごと数個ブチ込んで煮詰め、叱られました）。

ワクワクご試食。おいしい！　天才！　身体にピース！

手間暇《てまひま》かけてつくった特製ラーメンを昔、弟によく食わせました。中学時代、テスト勉強に疲れた深夜、楽しかったなあ。僕の実験には弟という被験者が不可欠の存在でした。

次回詳しく書きます。

2014.5.29

かわいそうなおとうと

かわいそうなぞう、という童話がありますが、かわいそうな弟、のお話です。

昔々あるところに兄と弟がおりました。正直者の弟は性悪の兄と一緒に寝たり食べたり遊んだりしておりました。弟は幼時から兄の奇癖「チャレンジ」と「アレンジ」を不思議に思うだけで疑念も抱かず、善良に暮らしておりました。しかし弟は、自分がこの兄、後に東京の大学へ行って錬金術研究の大家に教えを請うほど「実験」の好きな兄の元に生《うま》れてしまったとは知るよしもなかったのです。

兄弟が小学校の頃、おもちゃの青いサングラスでウルトラセブンごっこをしていた時、「変身の時のリアリティが足らん」と兄が言い出しました。「眼鏡を装着した瞬間、ダンは火花に包まれる。それがない」と言い、弟に隠れてサングラスのフレームの両端をライターで炙《あぶ》り、煙の立ったやつを、テレビを見ていた憐《あわ》れな弟の耳にさっと掛けました。

弟は青い視界とモロボシダンになった昂揚《こうよう》で一瞬、得意げにポーズを決めかけました。が、次の瞬間、顔面を目茶苦茶に引っ掻《か》き、化鳥《けちょう》のごとき悲鳴一声、もんどり打って畳を転げ回りました。「セブンセブンセブン!」と兄は言いました。

先回お話しした特製ラーメンを案出する「台所の実験」は兄弟の高校時代まで続きましたが、それとは別に小学校時代、「お風呂の実験」という悪魔の錬金術が兄によって夜な夜な執り行われました。風呂場には被験者である憐れな弟が必ず一緒におり、無邪気な笑い声を浴室内に反響させ、湯舟で遊んでいるのでした。

兄は神妙な顔つきで洗面器に湯を張り、牛乳石鹸《せっけん》を泡立てて、手拭いで蓋《ふた》をし、縁をフゥーッと吹いてシャボンの泡を量産し弟を喜ばせました。「お前も吹きたいか」「うん!」。すると兄は手拭いを取り、中にメリットシャンプーを「♪フケ、イヤイヤ〜」と歌いながら入れ、次いでリンス、父のシェービングクリーム、バスクリン一匙《さじ》、マジックリン適量、漂白剤、カビキラー、ズックリンを中華の鉄人みたいに手際よく放り込み、浴槽から出て兄の手並みに見とれていた弟に「最後はこれ」と言って自分のオシッコを入れてかき混ぜ、間近にあった弟の頭にザバリとかけました。憐れな絶叫と同時に、けたたましい悪魔の哄笑《こうしょう》が響きわたりました。長じて後、弟は兄のいる名古屋を離れ、遠く台湾、中国へ移住しましたとさ。どっとはらい。

健康診断に勝つ!

2014.6.12

健康診断の季節がやってきました。特保の緑茶飲んだり、急に階段上ったり、皆さん、楽しんでますか?

なに、楽しくない、憂鬱《ゆううつ》だ、体重計が踏み絵にみえる、採血注射が怖い、自分の血を見ても卒倒する、レントゲンで微量被曝《ひばく》したくない、なるほどなるほど。

でもね、考え方一つでとっても楽しい行事になるんです。だってあの三百六十度ぐるぐる回される胃の検査なんてほとんどアトラクションじゃないですか。健康診断、僕の場合はこうです。一緒にやりましょう。

そもそも健康診断とは、診断しようとする医師や看護師、医療機関や厚労省との対決です。向こう一年の身の処し方、食事への配慮などが賭《か》かった、いわば天下分け目の闘いなのです。

　例えば視力検査。僕は眼《め》が悪いので、毎年なんとか視力を上げようとそれこそ血眼でがんばります。Cの回転した記号がいくつも並んだあの表。上、下、左、右。もうケシ粒にしか見えない小さな領域に入っても「見えません」などとは口が裂けても言ってはいけません。見えます。心の眼で見抜くのです。左が来たら次は下とか、どんなに苦しくとも声を出そうぜ声を。諦めたら僕らの負けですよ。

　身長測定の頭の板をグイグイ押し下げられたとか、二回も採血されたとか、心電図のペタペタが脇腹でヒヤッとしたとか、悔し涙にくれる方もあるでしょう。

　やられたら倍返しです。僕らには尿検査という攻撃の機会があります。最近は大きな綿棒みたいなのに小便を浸す所もありますが、コップが出たらこっちのもんです。表面張力なみなみいっぱいまで入れ、コップを持つ手をプルプルさせながら廊下の奥から息をひそめ、ゆっくり集中して歩いてやりましょう。たとえ美人とすれ違おうが、彼女がやはりプルプル持っているコップの中身の色が気になろうが、決して脇見をしてはなりません。自分のものが手に零《こぼ》れたら終わりですよ。ゆっくりゆっくり。あなたがしっかりコップを持ってさえいれば、なんぴともあなたにぶつかってきたりはしません。できません。あなたは無敵です。歩きスマホより危険な、スロー速度で廊下を歩ききり、コップの縁から小水が盛り上がったようなやつ、生温かい一番搾り麦汁を提出してやりましょう。その瞬間、あなたと看護師の間に火花が散ります。勝負！　いいですか、先に眼を逸《そ》らした方が負けですよ。

美しい国は戦争の国か

2014.6.26

先の大戦で日本は他国の領土を侵した。戦後、連合国は「日本は戦争をしてしまう国。放っておけばまた繰り返す」と考え、不戦の誓いを憲法に明文化した。もう殺すまいと自分でも誓った日本は憲法を主《あるじ》とし、蛮族の汚名を濯《すす》ぎ、復興を遂げた。

戦中と戦後、僕らは相反する先人を持つ。前者の兵たちは他人の国で他人を殺した。その子供である後者は親の罪を罰した他人を友とし、不戦を貫き、懐の深い、成熟した国を作った。

この成熟を野蛮な未熟へと戻し、再び日本を愚かな「他人を殺す国」にして、「売られた喧嘩《けんか》はいつでも買う。この銃口を見ろ」と誇示したがる悪党どもがいる。

この少数の悪党どものために不戦の誓いは踏みにじられ、投じた票を悪用されて、日本はまた安全装置のない銃を持つ国にされる。

ひとたび銃を握れば人は撃ってみたくなる。いかに強固な自制心があろうと、相手が不意に近傍を撃ってきたら思わず人は相手を撃つ。国の殺意の徴《しるし》ともいえる銃を握る者が好戦的だったらどうなるか。これを撃ってみたい、もっと隣国が挑発してくれないか、そうすれば憲法解釈を変えて戦争がしやすくなるのに。思えば、相手が先にしかけてきたという口実を作ってでも戦争を起《おこ》し、満州を侵略したのがかつての日本なのだ（柳条湖事件）。先に撃ってこい、と互いに睨《にら》み合っていれば早晩血は流れる。流れたら流し返す。流し尽くした死の時代の後、再び焦土に立つ絶望と猛省と謝罪の時代が来る。誰もがそれを学んでいるのに、あの無能どもは民意なしに何を決めようとしているのか。決議に反対しなかった悪党（永久名簿を作っておこう）が招いた戦争には悪党自らに行かせよ。徴兵にも応じる必要はない。悪党が死に尽くした後、平和のため終戦する僕らがまた国を復興する。

血を好む悪党は武力武力と喧《やかま》しい。そもそも「武」という字は「戈《ほこ》を止める」と書く（『春秋左氏伝』）。古来こうした儒学の真髄《しんずい》を己の道徳としてきた国の憐《あわ》れな淪落《りんらく》の様を見よ。矛を止める盾としてのみ自衛隊は黙認された。隊を矛として隣人に向けるためではない。

庶民の税を上げ、企業の税は下げ、隣人に矛を向ける悪党の手から日本を取り戻せ。いつも、殺せと言う者が生き残り、言わなかった者が死ぬ。同胞に殺させるな。日本は永久に殺さない国だ。恥を知れ、政府の人殺しども。

2014.7.10

ゴキゴキゴキゴキゴキ

深夜、顔も上げず読書に没頭する僕の視界の隅、壁か床か流し台の上を、何やら黒い塊が素早く移動し、止まり、移動する。見ると何でもない。物音もない。気のせいだ。そう思い本に視線を戻す。実に面白い本だ。ふむふむ。僕は感心して頷《うなず》く……ふりをしている。

全身耳と化し、ページもめくらない。数分経ち、流し台のゴミ箱からカサコソ音がする。そのとたん僕は乙女のようなかぼそい悲鳴を上げて椅子から転落、床を這《は》い、蠅叩《はえたた》きを摑《つか》む。そこから息づまる死闘が開始される。

無暗《むやみ》に殺虫剤を撒《ま》けば余計に暴れるだけだ。奴《やつ》は最期を覚悟した「パワープレー」に出てくるだろう。見境なく突進してきたり、壁を這い上がって天井に突き当たり、ブラッと態勢を崩し、真っ黒な羽を広げて、落ちざま、こっちの顔めがけてパタパタ飛んでくる。大の大人の本気の悲鳴と床を転げる振動が深夜のボロアパートに響きわたる。

寒冷な東北で育った僕にとって、小学五年での名古屋帰郷後に初めて目にしたあの漆黒の大きくすばしこい虫は、まさに化け物にも等しい恐怖の対象だった。

一回に複数匹が出た晩は混乱し戦意を喪失して部屋ごと明け渡したし、二日目の親子丼をモリモリかきこんでいたら具の下で一緒に煮られていたらしい一匹が湯気を立て黒光りしながら現れた日の晩は特撮映画のような醜怪な悪夢を見た。

これまで僕は世界中で奴を見てきた。ジャワ島の奴はデブで、自在に方向を変えながら空を飛んでいた。メキシコの奴は大きいのに長細い頭を持ち、小さな側溝の穴にも潜っていった。

インドのガンジス河で水葬された少女の亡骸《なきがら》が流れてゆくのを見た日、僕はいたたまれず、瀟洒《しょうしゃ》で清潔なホテルに宿り、シャワーで身を浄《きよ》めた。浴室のタイルはところどころにアスタリスク模様（＊）が施されており、目の悪い僕が全裸で水を浴び始めたとたん全ての模様が万華鏡のように放射状に散らばった。それは、こびりついた脂分に四方から頭を寄せて貪《むさぼ》っていたらしい六匹単位の幾何学ゴキ模様だった。

僕は今でも夢を見る。呼吸を長く止められ、不意に鼻のみを解放される。僕が涙しながら思うさま鼻で息を吸い込むとそこは蟲《むし》の充満する蟲蟲世界で、吸い込んだ僕の二つの鼻孔から羽をバタつかせながら黒光りした奴らが何匹も何匹も体を潜り込ませてくるのだ。カサコソカサコソ、ゴキゴキゴキゴキ。

2014.8.7

身体は水に浮くだと？

いや、確かに原理としては解《わか》るのですよ。人の身体は水より軽い、誰でも水に浮いちゃうんだから、泳げない子なんて一人もいないんだよっていう大人たちの決まり文句。現に土左衛門《どざえもん》は水に浮いてるから流れ着くんですもんね。でもね、人はジタバタしなくても、口や鼻で自由に呼吸しながらプカプカ水面を仰向けに漂えるんだという大人の言葉を信じて、浮き輪やビート板を手放すと、どうしても水の底へ底へと足から沈んでゆこうとしやがるのですね、実際の身体というものは。子供だと思って理屈や無責任な気休めを言ってほしくないわけですよ。特に身体にほぼ脂肪のないガリガリ少年だった僕などは全く浮かなかったのです。「ほら、みんな見て。先生いま、身体に力も入れず、何もしないのに、仰向けに水に浮いているだろう？」そう言いながらも先生の手や足はわからない程度に水中でゆらゆらしています。人が水に浮くには、実は体じゅうの筋肉を突っ張らせてバランスをとりつづけなければならないのですよ。「先生、じゃあ僕らが皆で先生の手足を紐《ひも》でぐるぐる縛ってドボンとプールに落としても先生はぷかぷか浮いていられるんですね？」「そんなことしたら先生、溺れてしまうじゃないか」「浮かないからですよね」「ま…そういうこと…か」「では、さっきの話は嘘《うそ》だったと、釈明して下さい」

　こういう可愛げのない子供だったのです。僕は。よく先生に嫌われなかったものです。大人がつく嘘は、子供がつく嘘よりずっと罪深い。いいですか、人は土左衛門になるか、バランスをとるかしなくては水に浮きません。呼吸を確保しながら、脱力して水に浮くなどさらに無理です。動かなければ沈みます。水の事故の際は、死に物狂いで泳がないと死んでしまいます。水に浮くのはあくまでも死んだ後の人です。ちびっ子のみんな、水泳はその真実を悟るところから始まる…そう肝に銘じることです。

　息継ぎをしながら泳ぐ技は初心者には高度です。泳ぐときは顔を水中に入れるしかありません。指先から頭、お尻までを水平に水につけ、夢中で足をバタつかせるのです。息が詰まったらすぐ立ちます。とにかく顔を水面から出していてはいつまでたっても泳げませんよ。水なんか怖くない、先生はそう言うでしょう。でも水は怖いのです。怖いけど泳ぐのです。これが本当の話です。

帰ってきた婆さん：上

2014.9.4

別に、捜索願いの出ていた婆《ばあ》さんが徘徊《はいかい》から帰ってきた話じゃありませんよ。以前好評だった「婆さんと婆さんの会話」、諏訪さんあれ頼むに書いてちょ、ほりゃ子供ん頃の話もええけどよ、婆さんがなけらな「スワ氏文集《もんじゅう》」じゃあれせん。

　というわけで、またおなじみの婆さんAと婆さんGの登場です。今回は近所のスーパーが舞台。まあ大っきな声で話さっせること。ここ店内だよ。

婆さんG「おはようさん」

婆さんA「おはようさん。あんた、何買いに来たの」

G「孫にやる菓子だわ。育ち盛りでまあ困ってまう」

A「菓子みてゃぁなもん実の親に買わせりゃええが」

G「実の親って娘だがね」

A「あそか、あんたんとこは嫁じゃにゃて婿だった」

G「嫁なら買わせとるわ」

A「娘だとあんたいっつまでも甘やかしてまうやろ」

G「ほおなんだわ。あ、いかん、わし今日カボチャも牛乳も買わんならんのにコロコロひいて来んかった」

A「そらあかすきゃ、わしらコロコロは常にひいとらなよ」

G「しぃーまったなあ」
A「わしのに入れたるわ」
G「ほんなん、悪いがね」
A「水くせゃー、友達だがね、何言っとりゃーすの」
G「やや、ちょっとあれ見てみや。ここらにあんな別嬪《べっぴん》の奥さんおらしたかね」
A「どれ。知らんなぁ。ここんとこよおけマンション建つもんで、どうせどこぞの有閑すれーぶでしょぉ」
G「せれぶだわ。ぷっ、あんたすれいぶは奴隷だに」
A「ほうかね、そら意味が逆だがね、恥《は》ずいわなも」
G「何ね、そのハズイて」
A「孫がよう言うんだわ」
G「若者言葉だがね。あんたも焼きが回ったねえ。しかしさっきのありゃ別嬪さんやわ。二十歳《はたち》でも通る」
A「いろいろやっとるわ」
G「いろいろ、て。あんたまたやーらしー言い方するねえ。何ね、いろいろて」
A「何や知らんわ。えすけーいーぴてらだか何やら」
G「えすけーつーだわ。あんたのは栄のアイドルや」
A「しらん、孫……」

Ｇ「愛ちゃん中学生やろ。化粧品なんか知らすかね」
Ａ「ええがね！　わしもそのうちキレるでかんよ！」
Ｇ「若者に毒されとるで」
店長「お客さん、どーしゃーたの。他のお客さん、さっきから見とらっせるが」
Ｇ「え、いやいやどうもせんよ。何、わしらあんたんとこの店好きでよう。野菜がふれっしゅで。なあ？」
Ａ「ああ、ほおや。ふれっしゅふーず、ふぃーる！」
店長「お客さん、うちヤマナカだて…」

2014.9.18

帰ってきた婆さん：中

婆《ばあ》さんと婆さんのスーパーでの立ち話。その続き。
婆さんＧ「店長さん、呆《あき》れて行ってまわした。ここはひーるじゃにゃてヤマナカでしょう。ちと考えやあ」
婆さんＡ「ひーるじゃにゃてふぃーるだわ。Ｆだわ」
Ｇ「だから英語なぞ日本人に言えすかて。わし三十年前に開き直ったったもん」
Ａ「ほおやったなも。ほんなら向かいのコンビニは」
Ｇ「はみま。はみちき」

A「羽生《はにゅう》君が滑るやつは」
G「ひぎやだろ」
A「ナイフに」
G「ホーク」
A「みっきーがおるのは」
G「でずにーらんどだが」
A「大名古屋」
G「ビルヂング」
A「白い雌猫にリボンつけたぬいぐるみは。はろー」
G「きちー」
A「きてーやないんかね」
G「きちーちゃんだて」
A「逆に言いにっくいね」
G「きちーはみひーとよう似とるで間違《まちぎ》ゃぁてまう」
A「そらみっふいだて！」
G「みひーだ、昔っから」
A「開き直っとらっせる」
G「慣れてまや、これがあんぎゃあ言いやすぃーに」

A「あんたが羨《うらや》ましいわ」

G「あれ、カボチャ四分の一のくせに馬鹿高《たっき》ゃぁが」

A「どれ。ありゃほんと」

G「だろ。さっきの店長どこいった。文句言ったる」

A「仕方ないがね。あ、こういう時はよ、その脇のガラガラ棚にワケあり品が半額以下で売っとるんだに」

G「本当や。でもよ、安かろう悪かろうだ。バナナは黒いくりゃぁでええがよ」

A「わしオクラ買うわ。おや、カボチャがふれっしゅの棚の品と同《おんな》じ値段だわ」

G「わかった。これ誰ぞ向こうの棚から持ってきて、ここで安いワケあり見っけてよ、交換したまんま、ここに置いてかしたんだわ」

A「まあ。いっかんなあ」

G「どこぞのせれぶやろ」

A「わしもほうやと思う」

G「マンションの上に住んどったって育ちは隠せん」

A「蛙《かえる》の子は蛙いうて」

G「そいや話変わるけど、先日孫が葬儀場の歌歌っとってよ、♪お母さんは誰から生まれたのー、いうんや」

A「ほお、ほんでなに」

G「誰てわしだいうたら今度返し、♪お婆ちゃんは誰から生まれたのー、生まれたのーて。くどいんだわ」
A「ほしたらどういうた」
G「ほらそんなもん、わしの母さんからだーいうて」
A「あんたのお孫さんよ、ちいととれえんと違う?」
G「とろにゃあわ!」
A「しぃー…。あんた名古屋弁やめやあ。一緒におると恥ずいわ」

帰ってきた婆さん：下

2014.10.2

婆《ばあ》さんたち! スーパーのお客が皆聞いてますよ!
婆さんA「さぶないけ?」
婆さんG「さぶいわなも」
A「魚の前だでだ。わしもふれっしゅにされてまう」
G「されてゃあもんだ。さっきのどこぞのせれぶみてゃぁに美白で鮮度あっぷ」
A「あんた、ふれっしゅは冷凍されるってことだに」
G「ならいらんわ。どうせ死んでまやぁよ、棺桶《かんおけ》ん中どりゃーあぃすで通夜も葬式もひんやりくーるだわ」

A「べりーくーるだわな」
G「首相もこれからの日本は世界へくーる婆ちゃん発進させるいうとったでよ」
A「くーるじゃぱんな。あんたのは凍った婆さんだ」
G「さびーで場所変わろみゃあ。わしお茶っ葉《ぱ》買うわ」
A「あんたんとこ、いつもどういうの飲みゃあすの」
G「見んで。あんたが来た時も飲ませとるやつやで」
A「玉露だいうとったよ」
G「信じりゃみな玉露だ」
A「ほらみやあ。どうせ茎ばっかの安もんでしょう」
G「お？　《これでなくっ茶》って書いたる。活命茶《かつめいちゃ》の特売か。でも重たいでな」
A「変やなも。CMは《これがなくっちゃ》だがね」
G「嘘《うそ》言ってかん。箱にほれ、宣伝文句が書いたる」
A「嘘じゃにゃあわ！　活命茶のCM、あんた知らんの？　えと…そうや、♪これがなくっちゃ、これがなくっちゃ、これがなくっちゃ、これがなくっちゃ」
G「ちょ、やめ、あんた」
店長「ちょっと何の人だかりかと思えばまたおたくらかな。こちらさん何を大熱唱で連呼しとらっせるの」
G「店長さん、いま佳境だでちと待っとったってぇ」

A「…これがなくっちゃ、やっぱり！　っていうとよ、落ちてきたゴムボール、男の子が頭で跳ね返そうとすんだけどボールができゃあもんで頭がぐぎってへっこんでまう」
G「長《なぎ》ゃぁし細《こま》きゃあわ！　このお客さんら見てみぃ」
A「あれやだ、なんやの、ウインナーの試食会かね」
G「あんたの歌の試聴会だわ」
A「まあ（笑）恥《は》ずいが」
G「わし今もっと恥ずい」
客1「地元CM好きだで、熱田神宮会館やってちょ」
A「何がぁ（笑）。♪やぁさぁしぃいー、もぉりーにはー、しんわがぁー、いきてーるー、ふぅたぁりのー」
客2「じゃ大垣共立銀行」
G「ありゃあかんありゃ」
A「♪あなたも私もおっけーおっけーニッコリ笑っておっけーおっけー笑顔でお迎えおっけーおっけー」
G「踊ったらかんて腰が」
A「♪おっけーばーんくー（グギ）ぁ」

婆さんの研究

2014.10.16

婆《ばあ》さんの生態に関する長年の研究が世界から認められ、この度ノーベル賞をいただくことになりました。

ここまでの道のりは長かったです。朝、僕のアパートの外で二人の婆さんがお喋《しゃべ》りをしなければ、この受賞はありませんでした。まだ見ぬ二人の婆さんに心からの感謝を申し上げます。

そもそも婆さんという生き物に僕が魅《ひ》かれるようになったのは、彼女らに備わった恐るべき連帯、羞恥《しゅうち》をかえりみぬ無差別的友情、いわば「同盟精神」に常々驚かされていたからです。

僕がいつかなるだろう爺《じい》さんはどうか。爺さんには無差別的友情は成立しません。老いてなお昔のプライドが邪魔をするためです。

例えば病院の待合室に一人の婆さんがいて、同じ長椅子に赤の他人のもう一人の婆さんが腰かけたとします。後の婆さんは、自分の横に、またうまい具合に年恰好《としかっこう》の似た婆さんが暇そうにしているではないかと見るや、周囲を見回し、ムズムズと思案し始めます。そしていかにもさりげないふうを装って、まるでため息でもつくように見事な調子で、こうつぶやくのです。「週明けにまた来いか。身体のどこもかしこも病気の詰め合わせだで、まあいかんわ」

誰に向けて投げたわけでもない独り言。でも心持ち大きめの声です。後ろの椅子で息を殺して聞き耳を立て見守っている僕が仰天させられるのは、この次の瞬間に表れる化学反応です。

前から座っていた赤の他人の婆さんが電光石火、阿吽《あうん》の呼吸で応《こた》えるのです。「ほんと」僕にはこれが腰を抜かさんばかりの超絶的コミュニケーション能力なのです。

「ほんと」以外にも「ねえ」とか「まーあぁ」でも成り立ちます。この応《いら》えがあるや、しめたと思った後の婆さんが「私も来たくて来とるんじゃねゃぁけど」と笑みを隠しながら言い、前の婆さんが「まあ、わしら焼かな治らんらしいで。なにい、奥さんは胸かね」

ここにはすでに「友情」が成立しています。なぜこんな物怖《ものお》じを知らぬ力を婆さんが持っているのか、なぜ爺さんは持っていないのか。爺さん同士の長椅子はただ黙ーっているばかり。「週明けまた来なかん」と片方の爺さんがつぶやいても、もう片方が「ほうや」とは絶対言いません。僕だって言えんわ。だって知らん爺さんですよ！　婆さん同盟が日本を動かしている気が、このごろ僕は本当にするのです。

2014.10.30

あゝ名古屋駅

♪なごやはーおいらのーこころーのえぇーきーいだあーと井沢八郎も歌っている名古屋駅、通称「名駅《めいえき》」が変わろうとしています。

以前このコラムでも「昭和名駅サラリーマン」と題して、変わりゆく名駅の風物とその郷愁を朗々と語り述べたものでありました。

仄聞《そくぶん》するところ、十数年先にはこの名駅に「あれ」がやってくるそうです。ムーディ勝山ふうにいえば、「右から、右から、何かが(リニアが)来てーるぅー」のだそうで、そのために名駅を、JR在来線・東海道新幹線・あおなみ線・名鉄・近鉄・地下鉄の各線の相互移動がしやすい総合駅に再開発する話もあるらしいのです(名古屋もいずれはそれをまさに「左へ受け流すぅー」のですけどね)。

とすれば、今の迷宮然とした幻想的な「迷駅」、僕が小説集『領土』でもひそかに題材に用いた記憶の中のうつくしき名駅は、すべてなくなってしまうのではないか。それが目下の僕のいちばんの心配事なのです。

どなたにお願いすべきなのか分かりませんが、切にお願い申し上げます。どんなことがあっても、サンロードとメイチカ、テルミナだけは変えないで下さい。今の形のまま、天井の低さのまま、どこへ繋《つな》がるとも知れぬ昭和の迷宮のまま残して下さい。コンパルもコロンバンもパーラーみかども、あの構造のままでいいから残して下さい。その代わりセントラルタワーズとミッドランドスクエアとルーセントタワーと、ついでに金時計と銀時計がなくなっても文句は言いません。

東京砂漠の中で奇跡的に会った同郷人が「そうか、君も名古屋か、地下をゆく者か」と肩を組み、うれし泣きにむせびながら、なにゆえ大声で「♪ミーナー、テルミィーイナー、ミーナー、テルミィーイナー」と（本当はビバ・テルミナだそうですが敢《あ》えて間違えながら）熱唱するのか、考えてもみて下さい。僕ら名古屋人が、みな、地下で育ったからではありませんか！

すでにテルミナの奥、郵便局へ通じる地下街もB2の三省堂書店も姿を消しました。ダイナードも上物《うわもの》ごとなくなりました。でも国際センター方面のユニモールや、サンロードの奥のミヤコチカ、西口のエスカは健在です。名古屋人なら、これら残されし「迷駅」の最後の砦《とりで》を死守しなければなりません。そのためなら僕らは、右から来た何かをそのまま左へ受け流せるはずなのです。

改札口で

2014.11.13

スマホもガラケーも持っとらんからって俺がマナカも持っとらんと思ってもらっちゃ困るで。元鉄道員だよ。持ってるもんね。シャッとかざしてピッ、だもんね。ここでもピッ、そこでもピッ、どこでもピッ、あピッピッピッ、だもんね。

いつだったか、まだマナカを持ってない頃、普通に切符買って普通に改札機に入れようとしたわ。したらさ、入れる口がないの。どこ探しても。確かにみょぉーに黄いない（黄色い）改札機だと思っとったけど。

横っちょに「IC」って書いてあんの。ICは電子で磁気なんだから、俺の持ってる

「裏が黒の切符」は読み取るはずじゃんね。だから探すじゃんね。したら「お客さんお客さん、お客さんは切符だからこっち」って。また列に並び直し。どういうこと？　この黄いないやつ、「マナカーズ・オンリー」という、高速出口のＥＴＣと同じ排他的差別的な門番だったわけだわ。

二十年前、俺が名鉄の駅員だった時、車掌が無人駅から乗ったお客のために車内で手打ち発行する切符、路線図が記された大きめの縦長の紙に、乗った駅と降りる駅をパンチで穴空けるやつなんだけど、年配の人しか知らんよなあ。あれを腰の曲がったお婆《ばあ》さんが四つか八つに折って、どうか通して下されと祈りを込めて自動改札機の口にねじ込んで機械がおかしくなる事例が多発したわ。でも、お婆さんの祈りたい気持ち、今なら解るわー。さぞや改札口が不安だったろうに。

恥かいたトラウマで、今でも黄いないやつは通らん癖がついた。マナカ持った後、通ったことあるけど、あれ「愛想がない」いうんかな。「ピッ！」じゃなく、「ピ…」だよね。手応えがないのな。何あれ。人間ならクビだわ。俺らがどんだけ声枯らしてオアシス運動しとったか。朝アリガトウゴザイマスだったのが夜には顎《あご》がおかしくなってアイアオーワイヤーになったわ。

切符もマナカも両方通れるやつは「ピッ‼」つって元気ええよ。なんで全部あれにせんの。黄いないやつで差別して客を皆マナカーズにしたいんか。そうは問屋が卸さんぞ！切符折って折って、祈《いの》って祈って、隙間見つけて押し込んだるぞ！　ピ…どころか「ピイイイーッ」言わせたるぞ！

改札口のええとこが黄色（ＩＣ）で車両のええとこが女性用だもんで、右往左往のすぇ駆け込み乗車だわ。昔あんだけ駆け込むな言うとった方なのに！

コウシとタケシ

2014.11.27

諏訪家では、僕がテツシで弟がコウシ、弟の犬がタケシと名付けられている。たまに一堂に会すともうたいへん、三匹三つ巴《どもえ》でゴロゴロわんわんと転がりもつれ、じゃれあっている。

タケシは白い小型犬、種類はマルチーズだ。弟の奥さん（台湾の人）が十年以上前に台北のマンションで飼い始めた雪のように白い犬。名は金城武《カネシロタケシ》からとったという。彼女こそタケシのご主人で、その後に来てノコノコと居候（夫）になった僕の弟は、タケシからすれば自分より新参の子分のような、特段重んじてやるほどのこともない、適当に「ちょらかして」おいてやればいいやつなのだった。

初めて弟が彼女の住まいに来た日、飼い主の帰宅だと信じてドアに突進してきたタケシは、彼女ならぬコウシが大きな身体で現れたとき、まだ幼かったせいもあろうか、仰天のあまり部屋の奥まですっ飛んで行って小便をもらしたそうだ。

弟の奥さんはこうして台北でタケシとコウシの二匹を飼い始めたのだが、犬のタケシを猫可愛がりに可愛がり出したコウシの情にほだされて、タケシも次第に新参者のコウシを「可愛がる」ようになっていった。

コウシが結婚するというので、当時まだ作家ではなかった僕は妻と長期休暇をとって台北を訪れた。高級酒家でお祝いをし、気持ちよく酔った勢いで、何も知らないタケシの待つマンションへお邪魔した。コウシが執拗《しつよう》に僕に「いいから一番先にドアから顔を出せ」というのでそのようにヌッと部屋に入ってみたら、何か白いものがきゃっといってすっ飛んでゆき、見たら小便をちびっていた。こうして僕はタケシに会った。

やがてコウシが一家で日本に帰国する際、タケシは税関で識別センサー用チップを背中に埋め込まれ、セントレアから名鉄常滑線で名古屋までやってきた。僕が実家へ行くと決まって人見知りした。僕もタケシに会うまではさほど犬好きなわけじゃなかった。投げてやったボールを咥《くわ》えてきて差し出すのでまた投げる。あの常軌を逸した無限反復でヘトヘトになった。でも何度も会ううちにタケシは懐き、よく僕の足元に来てはくるぶしを舐《な》めた。見上げるつぶらな黒い目。僕は「タケシ」と何度も呼び、おなかをさすってやった。

弟の仕事の関係で、弟一家は再び日本を離れていった。そしてこの十一月、タケシは生地台湾で十三年の命を終えた。

「東山《ひがしやま》線」道中膝栗毛

2015.1.8

江戸は神田の八丁堀から、お伊勢参りと洒落《しゃれ》込む弥次喜多、やう〳〵尾張名護屋《なごや》のとば口、八草《やくさ》の山に聳《そび》ゆる橋脚、リニモと称す御者《ぎょしゃ》なき箱の、藤が丘なる冥府の底より、高楼までは自動の階段《きざはし》、おつかなびつくり黄帯《きおび》の箱車《くるま》の、長き横椅子ふんぞり返り、弥次「北八、見さつし、戸がテメエで閉まる」北八「ハハ、ア、いかさま奇ツ怪な駕籠《かご》ヨ」ト、両人首を捻《ひね》つて感心頻《しき》り。女の声「〽この電車は今池、栄、名古屋方面高畑行きですでぃすとれんいずばうんどふぉたかばた」弥次「フゝン、舌の疲れる節ヨ、尾張弁は」北八「さうだ、まつたくだ」ト、また幾つか宿《しゅく》を過ぎるに、声「〽次は星ケ丘、星ケ丘、愛知淑徳大学星が丘キャンパス高校中学校眼鏡コンタクトレンズの眼鏡の和光星ケ丘店ショッピングモールの星が丘テラス星ケ丘内科小児科星ケ丘生活習慣病管理センター方面は次でお降り下さい」北八「きやんぱすとは如何《いか》に」弥次「魚の名かナ、近海の」また声「〽次は覚王山、覚王山、整形外科泌尿器科のはちや整形外科病院愛知学院大学歯学部附属病院椙山《すぎやま》女学園山添キャンパス幼稚園小学校中学校高等学校方面は」弥次「ヒニヨウキか」北八「厠《かわや》へ行きたい」声「〽次は千種《ちくさ》、千種、婚礼宴会宿泊のメルパルクなごや中学高校大学受験指導の河合塾千種校方面は」弥次「河合の宿など初耳だ」北八「覇気のない若衆の大勢降りることヨ」声「〽次は新栄町《しんさかえまち》、新栄町、キリックスグループのネッツトヨタ東名古屋新栄店人に優しいふれあい定期預金の東海労働金庫本店クルマ情報と生活情報のプロトコーポレーション方面は」弥次「いよいよワケが判らぬやうになつてきた」北八「きりつくまで寝つぱなしのよつこらしよ云うた」弥次「云うとらん」声「〽次は栄、栄、名城線名鉄瀬戸線ご利用の方はお乗り換えですすでぃしずさかあえぷりずちぇんじひやふぉざめいじょあんめいてちゅせとらいんデジタルカメラパソコン時計買取のトップカメラパチンコフジ栄店とゲームキングジョイの富士商事」北八「富士の山ならたうに越したワ。わしら真《まこと》に名護屋に来たのか」弥次「ヲイ、ここらでもう江戸へ返へさう」北八「さう云おうと考へてをつた」弥次喜多両人つと裾からげ、すたこらさつさの一目散に、転げて外に這《は》い出て一首、弥次郎兵衛、

草枕旅の尾張は栄《さか》ゆらむ富士山《やま》ならぬありやてれび塔

ごめんなさい

2015.1.22

昔の悪事を思い出して、だれかれかまわず急に謝りたくなること、ありませんか。僕はあります。どの悪事もとうに時効とはいえ、僕は心から謝罪したいのです。皆様、ごめんなさい。

夏休みの炎天下、パチンコ屋の駐車場にこれみよがしな黒塗り高級車が名古屋弁でいう「ちんちこちん」に熱せられていました。僕はボンネットに卵を割って見事な目玉焼きを作ったのに、怖くなって食さずに逃げました。だって卵を落としたとたんヂュワーパチパ

チって料理番組みたいな音がしたんですよ。どっかの社長さん、ごめんなさい。

高校時代、何度か映画館でタダ見しました。映画が好きで好きで、どうしても観《み》たかったのです。当時は完全入替制でなく「なんとなく入替」でした。一回入ったら二度観られました。システムが解ってくると、あらかじめ館の出口に張っていて、映画終了時に怒濤《どとう》のごとく出てくる帰り客と同じ方角に体だけは向けながら、何でもない顔をして館内へ「後ずさって」ゆくのです。いい時代でした。名鉄東宝さん、ごめんなさい。

数年前、デパートのパン屋さんで試食用に一口サイズに作ったクロワッサンを美味《おい》しいのでパクパク食べていたら「ミニクロワッサン」の品名と値札に気がつきました。もう少し大きく作ってくれなきゃ試食しちゃうじゃないですか。白状せず逃げてごめんなさい。

大学時代、夜の渋谷で泥酔した女に呼び止められ、「私の靴は？」と絡むので逃げようとしたら抱きつかれ「男らしく抱き返してみろ」といわれ、渋々腕に力を入れたら、そこで素面《しらふ》に戻ったらしく「痴漢！」と絶叫されました。未《いま》だに腑《ふ》に落ちません。が、ごめんなさい。

小説がまだ書けません。編集者の方、ごめんなさい。

寄贈いただいた本は未読、年賀状も未返信です。ごめんなさい。

拙著を絶賛したネット記事を偶然見て、思わず「いいね！」をクリックしちゃいました。ごめんなさい。

アナウンサーがリモコンの四色ボタンでアンケート回答して下さいというボタンがどう

しても見つかりません。ブラウン管は蚊帳《かや》の外だと？　その都度舌打ちしてごめんなさい。

アナ雪は奇麗ごと、妖怪ウォッチはありゃ妖怪じゃないなど暴言の数々、ごめんなさい。

お名前を忘れ、ごめんなさい。

お顔も忘れ、ごめんなさい。

あなたの誕生日は覚えていません。おめでとう。ごめんなさい。

一夜漬け期末レポート

2015.2.5

期末試験やレポートを終え、大学は長い春休みに入る頃です。この期末レポートという奴《やつ》、すこぶる面白いので、今日は例文を作ってご紹介します。僕の授業は期末に試験をせず、読書感想を出させるのですが、昨今こんな愉快な読み物が他にあろうかと思います。優秀なレポートが大半なので全部が面白いわけではありません。僕が深夜に爆笑しながら読んでいるのは、恐らくは全欠席した学生が締切前日、本も読まずに無理やり書いた、必死の「単位下さいレポート」です。

「今からこのレポートを書き始めるに当たり、兎に角《とかく》まず先生に申し上げたい、是が非でも申し上げなければならない事が有り、それを申し上げるまで私は多分一文字も書けないと思う。申し上げたい事と言うのは要は私は他学部の人間である所為《せい》も有り、文学の素養も無く論文の書き方もなって無いので、先生の様な作家の人に読んでもらうレポートなどはなから書ける筈《はず》が無いと言う事実である。とは言え私が課題の本を何とか終《しま》いまで読んだと言う紛れも無い事実だけはどうか解って欲しい。神に誓うと言う言葉をクリスチャンでも無い私が用いるのは烏滸《おこ》がましいと言うか気が引けると言うか不適当である事は百も承知であるとは言え全くもって困った事である。如何《いかん》せん日頃本を読む癖を持たない事が災いし、流石《さすが》の私も上手《うま》い言葉が見つからないと言う事実は否めない。とは言え、話を前に進めなければ話にならない、のだが今書いた文を駄洒落《だじゃれ》だとは断じて思って欲しくない。指が勝手に動いて洒落の様に成ったまでの話である（笑）。勿論論文に（笑）は無いだろうと言う先生の御感想は百も承知である。如何せん本を読まない日頃のツケが回って焼きも回ったと言う以外に無かろう。いよいよ感想を申し上げなければならない時がやって来たようだ。この本を読むよう指示した先生の意図をはかり兼ねていると言えば嘘《うそ》になるかも知れない。けれどもこれだけは自信を持って言える。この本の中には何か言うに言えない感じが有ると言う事だ。兎に角講義での先生の素晴らしい名言の数々を思わず思い出させる本だったと言えよう。最後の頁《ページ》を読み終えた時、私は感動の余り言葉を失った。嗚呼《ああ》、しか出て来ない。良い本は読み終えるのが辛《つら》いと言うが本当だった。先生、素晴らしい講義と本、本当に有難う御座いました！」

桜か、さくらか

2015.2.26

ラクダ丸太あぐら手綱《たづな》などと同じ上《うえ》抑揚のサクラ。

枕サウナ阿修羅《あしゅら》マグマなどと同じ下《した》抑揚のさくら。

春の花と偽のお客はラクダと同じ上抑揚のサクラ。寅さんの腹違いの妹は阿修羅と同じ下抑揚のさくら。春の桜か、妹のさくらか。

以前も「虎さんか、寅さんか」で紛糾したが、どうも僕という人間は、他人のイントネーションに極度に拘泥してしまう質《たち》らしい。

学生時代、東京人に「名古屋じゃ背広の前を大輪の牡丹《ぼたん》で留めるんだとさ」と嘲笑されたあの屈辱。東京ではボタンを土管の抑揚で発音するとは前も書いた。ゆゆしきはこの土管ボタン野郎どもが名古屋にも昨今ウヨウヨ出て来たことだ。

ＩＴ用語に顕著なため半ばやむなしとも思うが、何でもかんでも土管式に上げやがる。代表的なのが「スマホ」や「ライン」などだ。

スマートフォンの略なのに「スマフォ」でなく「スマホ」。「ホ」だよ。フォンを昭和風にホン、それをさらに「ホ」と略す。しかも抑揚は土管。ダサすぎる。

ラインは英語。ワインやサリンと同じ下抑揚で僕でも容易に発音できる。米国人にも英文の教授にも訊《き》いたが、単語ＬＩＮＥの抑揚は確かにワインであった。

しかるにこれを車輪やみりんやもっといえば志村けんのアイーンのような上抑揚で言いやがる奴《やつ》らが、かつて銀座をザギンと言って悦に入っていた業界人のごとくラインラインとかまびすしい。抑揚を変えることでＳＮＳアプリの意に限定できると御託を並べるが、あれは要は東京弁だろう。

昔から僕の唱える共通語（≒東京弁）の抑揚、それを「√《ルート》の法則」と呼ぶ。例えば妹のさくらの抑揚は「↘」の方向に三音とも下がりつづけるが、花の桜は「サ」を低く下げておき、「クラ」を天井まで上げ、平板に伸ばす。それが「√」の形で、スマホもラインも「√」のスカした抑揚だ。

名古屋はすでに制圧された。ならば関西でこの法則を打ち破ってくれないものか。マックを「マクド」と奇抜な山型の抑揚（∧）で呼ぶ彼らなら可能かもしれない。ダウンタウンの松っちゃんは相方を山型抑揚でハマダと呼ぶし、そもそも間寛平の「アメマ」にも祖型はみられるではないか。関西人がスマホを徹底してアメマの抑揚で発音していたら僕は喝采をあげよう。

ラインの「√読み」に僕が屈する時？　それは僕が銀座《ザギン》でスマホを初めて買う時だろう。

2015.3.12

イミフの三人

「あ、ツカサ、お疲れー」

「乙《おつ》ありー。これどう？」

「今から大学？　てことないかその格好で。何、どっかでコスサミとかあんの」

「レイヤーじゃねえしw。つか、このブーツどうよ」

「まあま、いんじゃね？」

「まあま？　つかオシャンティーくらいゆっとこ？」

「ゆわん。ツカサは顔がロリっぽいからアニヲタ系のメイドみたくみえるよね」

「マジ？　まさか素玲奈《それな》にゆわれるとは。つか、ウィッグが黄色すぎるんかな」

「それな。それもだけど、それスカート短すぎん？」

「つかサ、高校生は冬もこんぐらい短いのおんやん」

「あいつら若いし。あんた若くないし。大学生やし」

「うっさいもう怒った、激おこぷんぷん丸。つかサ、さっきから真ん横でギャク兄《にい》が立ちんぼになっとる」

「男に立ちんぼとかゆーなや。お前らゼミ行かんの？」

「つか何であんたが上からゆってくんの。行かんわ」

「一緒に行こって下からゆっとるわ逆に。素玲奈、行かん？　課題、期限だぞ」

「それな。頭イタ。また風邪ひいたにしとこかなあ」

「つか、素玲奈、もう風邪ヤバくね？　先月から連チャンじゃんね。肺炎にバージョンアップしとけば？」

「ぷっハハハ！　逆に？」

「つか別に逆じゃないし」

「それな。ギャク兄、風邪から肺炎は、逆じゃなく順当だし。どこが逆だって」

「そ。つうかギャク兄《ニイ》は別に兄でもないっつうかさ」

「それな。前から思っとった。ニイって尊敬語じゃんね。何で尊敬しなかんの」

「逆にいいやろ。俺、兄《ニイ》で」

「じゃ、まあいいわ兄で。つか、このブーツどうよ」

「ぐうかわやん、逆にw」

「つかサァー、逆にってどゆこと？　何の逆なん？」

「ツカサ！　やめ、こんなチャラ男相手《お》にせんとき」

「チャラ男様に逆に訊《き》け」

「うっさいw。つか、ゼミはあんただけではよゆけ」

「それな。それはオワタ」

「つかサァ、そんだけ一緒に行こゆうならギャク兄がウチらの課題もやれよし」

「それな。それかギャク兄も一緒に落単しろ下さい」

「おめえらマジパネェな。欠席数超過やろ。オワタ」

「私からもオナシャス！」

「お、新しいなそれ、逆に！」

「兄《ニイ》ってやっぱバカだわ」

「俺だけ課題やってバカ呼ばわりw。逆にワロスw」

「つか、逆じゃなくて順当のバカじゃんね素玲奈？」

「それなw。あー、バカすぎw。マジでワロタw」
「つかサ、こうなりゃ今から三人でコスサミ行く?」
「逆に!?」

ガラパゴス上等

2015.3.26

卒業してゆく教え子たちよ! 「スマート」な人生を送るなかれ! スマよりはガラ、つまりガラパゴス的な人生をこそ選ぶべし!

ガラパゴス。南太平洋に浮かぶ孤島の名。転じて「孤絶した環境に置かれた結果、世界との互換性を失い取り残される現象」をいう。

文学を志す若き学徒たちよ! 取り残される美学をこそ標榜《ひょうぼう》せよ! 都度「世界基準」へ更新・チューニングし続ける俗物はもはや文学の徒ではない! 文学とは、いかに既成の共通言語を軽蔑し、その多数を恃《たの》んだ圧制と闘って言語的孤立を勝ち取るか、そうした流浪の托鉢僧《たくはつそう》のような孤独を生きる営みをいうのだ!

と、少し居丈高な檄《げき》を連ねてはみたものの、事の発端は前々回の文集《もんじゅう》を読み、僕が今でもスマホどころか携帯電話じたいを持っていないと知った読者から「ヒヒヒ、諏訪哲史、もろガラパゴスww」的なことをいわれムカついたのである。

以前も書いたが、僕は携帯も車もベッドもペットもシャワーも液晶テレビもブルーレイも四色ボタン付きリモコンも持っていない。

このままこのアナログな2DKの庵《いおり》ごと、どっかの無人島、まあ手ごろな近場で三河湾に浮かぶ「うさぎ島」「猿ケ島」あたりに持って行って「絶海の孤島でストイックに生きる反時代的作家、現代のロスト・ワールド、その名も低き諏訪哲史」などと言われ、毎朝浜でアサリでも掘りながら貝塚を遺《のこ》して死ぬ人生、もしくは「♪砂の嵐に隠されたバビルの塔に住んでいる正義の老年バビル二世」などと言い伝えられる数奇な人生を送ってみたいものだ。

見ているがいい、新《あたら》しモノ好きの俗人ども。仄聞《そくぶん》するに、今やアナログ・レコード熱が再燃した模様、我が家に眠る何百枚もの名盤もダイヤモンド針とともに復権を果たすであろう。夏にはガラケー熱再燃、そこからピッチ、ポケベルの復活、街には続々と緑の公衆電話が甦《よみがえ》りテレカが増刷されるも瞬く間に黄電話から寅さん的赤電話へと遡《さかのぼ》り、日銀は十円玉の大量造幣に追い込まれる。家には黒電話、最後はグルグル回して喇叭《らっぱ》口に叫ぶ小津安二郎的電話が世を席巻する。Eメールも野暮《やぼ》となる。やむを得ぬ急用は郵便屋さんが汗だくで駆けてきて渡す封筒を破けば、それは「チチキトク。スグカヘレ。ハハ」と書かれた電報であろう。

今に見ておれ。昭和が平成を駆逐する日が間もなく到来する…。

うちはガードハローです

2015.4.9

そもそも作家という生き物など実のところ向こう三軒両隣の皆々様方と同じ、奇矯でも何でもない平凡な庶民です。なのに懇親会やサイン会などで執拗《しつよう》に訊《き》かれるのはなぜか私生活の内情についてばかりです。作家はヘンタイだとでも思っておられるのでしょうか。

「諏訪さんのお住まいはシャワーがないそうですが、浴槽もないのでしょうか」「（あーるに決まってんだろ、神田川か！）…いえ、二つ穴の、追いだきもできるキューブ型の浴槽です」

「あれさー、諏訪さん、頼むにもうちぃと、あれ、実家の薬箱に昔の薬が眠っとるちゅう話書いてぇ。わしんとこもよ、今治水《こんじすい》の秘蔵の一本、まだとったるよ」「（お婆《ばあ》さん、あんたそれを注《さ》す歯はあるんかね）…それは貴重です。オークションに出せば恐らくシャネルの五番くらいの値が付きますよ。薬の話は書いてしまったのでもうないけど、そうですね、この前箪笥《たんす》から新品の〈写ルンです〉が二つ出てきましたよ。撮りかけのも他に一本あって。一枚目を撮ったのが前の世紀のことで、そう、十枚は撮ってるから、あと十四枚撮りきってまわんといかん」「ほんでもほなもん写真屋で今も現像できるんかね」「できな訴えますよ。フィルムより高い金で買わせといて現像できませんいう法はないでしょう。まあでも前世紀に撮った最初の写真はもう心霊写真みたいになっとるかもしれんけどね」

「あのー、私ー、今日どうしても訊きたいんですけどー、諏訪さんちってー、歯磨き粉はいつも何使ってます？　私はデンターです」「（フッ…。デンターごときで庶民気取りか。この娘、生活力ではまだ素人だな）うちはガードハローです。デンターだと百五十円くらいするでしょう。ガードハローならだいたいどこで買っても百円しないですよ」

「すーわさぁん、あんた昔のガーゼの重たいマスク、卒業したの？　それ、今風の不織布《ふしょくふ》のやつでしょう」「（単行本『スワ氏文集』の読者だな…）え、ええ、使い捨てです。でもコンタクトレンズみたいに1DAYじゃなくて僕のは2WEEKです。ほらね、縁っこが黒ずんでいるでしょう？」「え、つーいーくの使い捨てマスクなんてあるんけ」「うちにはね。こんなの使う人の気の持ちようです。それに僕は自分の匂いがたまらなく好きなんですよ」

ああ、「真の庶民」への道は遠く険しい。僕でもまだまだですが。

2015.4.23

辞めてゆく春

春だ。四月だ。新人だ。緊張する。新人も。先輩も。

そわそわ。つま先立ち。声が上ずる。忙しい時期がよけいに忙しい。そんなのが四月の初日の会社風景。

先輩たちもかつて新人だった。ピカピカの一年生だった。だから新人を思いやる。業者の差し入れのお煎餅《せんべい》、いいから食べなよ。今日は部長が出張だから、課長だけ気をつけとけば大丈夫。小さな声でこっそり助言する。そんなとき急に課長に呼ばれると自分でも驚くほどの大声で返事してしまう。実は先輩のほうが新人より緊張しているのだ。

でも。でも辞めてゆく。あっけなく。始業前の電話一本で。昨日あんなに気を遣《つか》ってあげた新人の子。ランチのあと、公園で彼氏の話を聴いてあげた子。現場で倉庫長の怒声を聴いちゃったのかな。いや私自身の配慮に至らない点があったのかも。いたずらに自分を責める。悔しい。悔しい。

春は全ての職場にとって疑心暗鬼の季節。この子、続くかな。続かないかな。

新人だって先輩だって、傷つきたくない。傷つけたくない。失望したくない。失望されたくない。おっかなびっくり駆け引き相撲。

私の特長は、どんな課題でもひたむきに取り組み、不撓《ふとう》不屈の精神で根気強く最後までやり抜くところです、もし御社に入ることが許されましたら、現場で力を存分に発揮させていただきたいです、なにとぞよろしくお願い申し上げます。

はじめまして、本日から皆様とともに働かせていただくことになりました◯◯と申します、ふつつか者ではございますが、早く仕事を覚えて頑張りますので、どうかご指導のほど、よろしくお願い申し上げます。

あ、お早うございます、すみません、部長は、はい………、あ、お早うございます、◯◯です、あの、いえ、いま自宅からです、と、その、私なりにいろいろ考えさせていただきまして、それで、つまり、いわゆる、あの、一身上の都合により、本日をもって退社させていただきたく……。

春、新人は花のごとく散る。余りにはかない退場。辞めた子がSNS上で自虐的に呟いたという言葉を人から聞いたことがある。「自分一機死んだ。リセットしてリスタートしよ。パワー相当落ちてるけどｗｗｗ」

掲げた目標を簡単に捨てる新人。ノートの一頁《ページ》目の書き損じが我慢できず捨てるのに似ている。「生きる」とは、無様を耐え続けることなのに。

祓《はら》われたい気がする

2015.5.21

僕のように身も心も穢《けが》れた俗人には、折につけお浄《きよ》めを施さねばなりません。穢れた身ながら人並みの信心は持ち合わせているのか、旅すればお寺に参りお社《やしろ》に詣で、賽銭箱《さいせんばこ》の桟木《さんぎ》に当たるニッケル（十円玉）の、いやそれさえなくば恥を忍んでアルミニウム片（一円玉）の衝突音の軽さをいかに周囲に気づかれぬようにするか苦心し、長すぎる合掌、瞑目《めいもく》、直立のうちに、図々しくも隅から隅までかしこみかしこみ拝み奉《たてまつ》る塩梅《あんばい》です。

例えばそれが浅草寺のようなお寺の本堂の前に大きな常香炉のもうもうと焚《た》きこめる線香の煙など見つけた日にゃ、それ念仏だお題目だ真言だと宗派も問わず気がふれたように半眼で誦《じゅ》しまくり、両手を自在に操って、さあ頭のてっぺんから耳の裏、顔面Tライン、首肩腰両手両足背中尻に至るまで、傍らの人がおやここは銭湯だったかと二度見するほど煙をこすりつけ、まぶしつけ、なんなら香炉蓋《こうろぶた》の上でジャンヌ・ダルクさながら我が身を焚刑《ふんけい》に処してでも体じゅうのありとあらゆる表面をスモークチーズのように万遍《まんべん》なく燻《いぶ》されたい気になりますし、例えばそれが今度は熱田神宮のようなお社で、神主さんや巫女《みこ》さんがうやうやしく捧げ持つ、棒の先に白い紙を段々に折ったあれ、一見真っ白な千羽鶴を棒の先にくくったような、あの千早振る&名にし負う&高く貴き&まあとにかくスペッシャルな感じでいましますの高天原《たかまがはら》の神様の依代《よりしろ》の、やたら大きなまるでアルパカ並みにモフモフもっさりした正しくは御幣《ごへい》という名のあれが、参拝者の頭に向け右へ左、ダスキンモップでキレイキレイみたいに振られるのを見た日にゃ、ここは千載一遇、人ごみを掻《か》き分け押し退《の》けすくい投げ突っ張りがぶり寄り引き倒しうっちゃって何なら一発張り手をかましてでも最前列へ猛進し、その清らかなマイナスイオンでサラサラ&モフモフしてもらい、心身とも澄み通るように浄化されたい気持ちになります。日本人ならみんなそうです。

年越しの晩、NHKも民放も、どこにチャンネルを変えても『ゆく年くる年』をやってますね。え、民放はもうやってない？　んなわけない。やってます。日本人はあれが大好きなんですよ。「…福井県…雪の永平寺です…ゴォーン…」…いい心持ちです。あれを毎晩、全局で放映してもらうよう署名を始めませんか。どうも最近、やけに祓われたい気がするので。

ふいに、きよめ餅

2015.6.4

やさしい、森には、神話が、生きてる、と宇崎竜童がCMで何度もPRするまでもなく、畏《おそ》れ多くも熱田神宮こそは、三種の神器の一つ草薙剣《くさなぎのつるぎ》をご神体にお祀《まつ》りする、古《いにしえ》より全国に名を知られた大社《おおやしろ》であります。

江戸の往時は「宮《みや》」といえば大抵の人が当然のように尾張熱田のお社と潮の香り漂うその宿場町とを想起したのでございまして、「宮きしめん」の宮がどこの宮と註《ちゅう》せずに通るのも、かような由緒があるからです。

おや、前回も半分は熱田《あった》さんの話だったよな、という方、おっしゃる通り、勢いを駆ってこれも書こうという、まあ決してそれだけでもありませんが、そこは当たらずとも遠からずで。

僕は毎年、正月元日には祖父の頃からの慣《なら》わしとして津島神社へ詣で、松の内の別の日に熱田さんへお参りしております。津島は僕には馴染《なじ》みの深い町で、その話はまたいつか別の回で書きたいと思っています。

さて、熱田さん。正月は参拝客が大勢なので、砂利の参道を牛歩の遅さで漸進《ぜんしん》するより他に術《すべ》がありませんが、何年もお参りしていると要領が解《わか》ってきます。

まず名鉄の神宮前駅を使います。伝馬町《てんまちょう》からまともに参道を通っていたら、本殿に着くのは翌日になってしまいます。ゆえに本殿に近い神宮前駅から神宮会館をすり抜けて杜《もり》に入り、不案内な顔でウロウロしながら、帰り客の流れに逆行し進みます。そもそも駅の改札前から参拝客の列ができています。列は二階からエスカレーターで右へ降りますが、僕はまっすぐパレマルシェ（駅隣接のデパート）に入り、店内エスカレーターでパッと地上へ出ます。さて、お参りも済ませ、駅への帰途、僕はふいにそわそわし始めます。すぐ帰れません。ある店構えが僕の気を引くからです。

心には懐かしいあのCMの台詞《せりふ》が。「柔らかいわね、食べちゃいたい」「ほんと、きよめ餅みたい」「おばちゃんありがとう」——というわけで信号を渡り、きよめ餅総本家に寄ることになります。多分九割九分の人が寄ります。僕はあの白い粉をまぶした柔らかい餅が大好きなのです。中の餡子《あんこ》が甘めなのは、かつて東海道を歩き疲れた旅人の口が糖分を欲したからでありましょう。因《ちな》みに僕も家族も栗入りより普通の栗なしの方が好きです。ついでに、紅白の紅のきよめ餅を注文製造でなく常時売ってほしいです。ピンクもちもち。絶対うまそう。まだ食べたことない……。

2015.6.18

津島天王の道

うちの実家には僕が生まれる前から屋根神様《やねがみ》があります。屋根神様の信仰は名古屋近辺に多い風習です。

祭りの日には御神燈《ごしんとう》をたて、お供え物をし、子供らが太鼓をドンドン鳴らします。神様の守《もり》をする年寄りの当番が終日ガレージのような所で菓子を振る舞うので、僕らは味カレーやヨーグル、ビスくんや動物ヨーチなど、明道町《めいどうちょう》で仕入れたらしき安っぽーい駄菓子にたらふくありつけました。

その屋根神様に提灯《ちょうちん》を出し祀《まつ》られているのが秋葉神社・熱田神宮・津島神社の三社です。秋葉さんは火除《よ》け、津島さんが厄除け、熱田さんは地元の氏神です。

先回、熱田さん詣での話を書きましたが、熱田さんのすぐ南には秋葉山圓通寺《あきばさんえんつうじ》があり、そこに参ってから通りを渡り、きよめ餅総本家へ行くのが僕のコースです。因《ちな》みに先回掲載日の翌日、なんと新聞社経由で、あの夢の紅白きよめ餅が送られてきました。実に美味でした。粋な会社だなあ。

熱田さんと秋葉さん、あとは津島さんで、ここへは二社より先、元日に詣でます。これまで何度お祓《はら》いをしてもらったか。幼少時、おじいちゃんが僕や弟を必ず連れてゆきました。おじいちゃん、どうしてうちは津島神社なの？　と訊《き》いても笑っているだけでした。

後年、何となく理由が判《わか》りました。まず屋根神様の祭神であること。次にうちは菩提寺《ぼだいじ》が清洲で、清洲にはあの織田信長を始め、津島信仰の長い歴史があること。最後に「天王《てんのう》の道」ともいうべき津島街道がうちの近くの庄内川、枇杷島《びわじま》橋付近まで通じていること。

津島の天王祭《まつり》をご存じですか。七月の宵、四百の提灯に飾られた巻藁船《まきわらぶね》が何艘《なんそう》も水を渡る祭りです。西枇杷島の六月初旬の祭りの山車も多くの提灯を付けており、天王祭に似ています。かつて名古屋の西方、津島の水辺から天王様という厄除けの神が津島街道・美濃街道を通り、お城や宮へ渡ってゆかれたのでしょう。祖父が毎年必ず津島さんへ詣でていたのには、多分そんな由縁《ゆえん》があったのです。

津島参拝の後は名物の菓子「くつわ」を土産にします。一口大・輪っか状の凄《すご》く硬い菓子ですが、ねぶっていると軟らかくなり、嚙《か》み砕く瞬間、至福の味が口に広がります。「あかだ屋清七」のお爺さんお婆さん、今年の元旦は早く行ったので売り切れ前に買えましたよ。毎年激戦ですもんね。いやあ、紅《あか》きよめ餅、うまかったなあ。

2015.7.2

犬山へ

僕の幼い頃、犬山とは犬山遊園、つまりラインパークのことでした。後年モンキーパークと名を改めたこの遊園地へは名鉄の犬山遊園駅からモノレールで二駅だけ乗れば到着しました。

金糸猴《きんしこう》が来たとき以外は猿など見ず、スカイダンボで一気に遊園地側へ移動して、ジェットコースターやバイキングなどのアトラクション、夏は流水プールで一日中遊んだものでした。

大魔境は高いので、安いビックリハウスで手を打ったり、太陽の塔の下、座るとお尻が痛い岡本太郎デザインの椅子で談笑などして親と経済的な折り合いを子供ながらとったものです。

今は見かけませんが僕や弟が「遊園地アイス」と呼んでいた市販のアイスクリームが昔ありました。形はソフトクリームを目指したものが市販に際し妥協して固形化を受け入れ、さらに流通過程で解けてもギリギリ商品価値を保つため、上のクリーム部分にコーンキャップをすっぽり被《かぶ》せた、まるで凍った玉蜀黍《とうもろこし》みたいな、最早《もはや》ソフトでもなんでもない、身も蓋《ふた》もない、いや逆に身も蓋もあるあのアイスが僕らは好きでした。

いつか回を改めて書きたいと思いますが、犬山線沿線のことを僕の名鉄社員時代の思い出と一緒に書いたらたぶん三回でも収まらないコラムになってしまうでしょう。それほど犬山及び犬山線は僕にとって身近な場所になっているのです。

国際観光都市犬山は、もちろん明治村や木曽川鵜飼《うかい》も有名ですが、まずは国宝犬山城に指を屈します。遊園駅から川沿いを歩き、国宝の茶室如庵《じょあん》、針綱《はりつな》神社からお城へ上った後、南に延びる城下町を行けば楽市楽座の活況が見られます。本町筋から一本東へ入った菓子舗玉冨久《たまふく》の「城菊」は、黒糖の州浜《すはま》の中に漉《こ》し餡《あん》が入った美味《おい》しい銘菓で、地元では有名な和菓子です。

でも、ごく個人的に犬山で一番好きな風景はと僕が訊《き》かれたら、あえて城からの絶景ではなく、マイナーですが、下本町《しもほんまち》の東西に立つレトロな三階建てビル街と答えます。昭和風なアーケードの残る両側ビルの、多くは無人の廃墟《はいきょ》らしいガラス張りの威容は、見るたび僕に圧倒的な美しさで迫ってきます。♪ルゥールールールーと思わず「夜明けのスキャット」なんか口ずさみたくなるような、世界遺産に値するノスタルジックな通りです。

そのままの形で残っているかを確かめに、僕は今でもたまに訪れてみたりします。

2015.7.16

南知多へふたたび

思えば七年前、このスワ氏文集《もんじゅう》の記念すべき一回目（巻之一）は、名鉄常滑線の、新舞子の海での遠い思い出を書いたものでした。

最近の本欄は熱田や津島の話から犬山まで飛んで、あたかも名鉄沿線案内の趣を呈してきましたが、今回は僕の原点であり原風景である海の記憶にもう一度戻ってみようかと思います。

小学生の時に家族で毎年何度も通った新舞子より古い僕の海の記憶は、南知多の山海《やまみ》の海です。あのころ僕は何歳だったのか、幼稚園だったのかもしれませんが、その旅行は祖父母や親戚まで総勢十名ほどが行った、うちの家としてはかなり大掛かりな旅行でした。

旅館は県道を挟んで砂浜に面した五階建てほどの当時にしては大きな建物の、たぶん最上階のいちばん見晴らしのいい部屋に通された僕ら、いや僕は、嬉《うれ》しさに畳の上でピョンピョン跳んだだろうと想像します。

その山海で忘れられないのはクラゲに刺された記憶で、とするとあれはお盆過ぎの海だったのでしょう。

後年、日本や世界の様々な海岸の風景を見て回り、そのどれを見ても、ああ海だー、と感激させられてしまうのですが、長編『りすん』や短編「真珠譚《たん》」などに書いた海のイメージは、山海や新舞子など、知多の海の記憶から来ています。

大人になり就職すると、夏には名鉄の職務乗車証で非番のたびに内海《うつみ》へ行き、駅から海まで歩いて、ウォークマンで一人音楽を聴きながら砂浜に寝そべり、缶ビールを飲んだものです。

ああ南知多。あんなに通った僕らの内海フォレストパークも今は山林に帰し、県道からロープウェイ跡の山肌が見える淋《さび》しい森の廃墟《はいきょ》となりました。幻の小野浦駅予定地跡も知多新線の窓から見え、南知多は今、哀愁漂う廃墟の王国です。

山海の海へ行っても、往時の旅館がどこだったのか判《わか》りませんし、県道沿いには営業をやめた廃旅館がいくつもあり、肝心の浜も津波対策の大きなコンクリートの防波壁が立ち並び、昔の面影はなくなりました。廃校になった山海小学校の校庭を歩いても校歌碑は残れど子供はおらず、乃野《のの》神社にも人影はありません。民宿の看板が多くあるのを見ると、真夏はまだ行楽客もあるのかもしれません。

それでも僕はあの海を愛します。山海のT字交差点でコンビニ横の二本の椰子《やし》の樹《き》を見るたび、南知多に来たんだーと今も僕の心は高鳴ります。

菓子食えば

2015.8.13

菓子食えば金がなくなり円頓寺《えんどうじ》と詠《うた》われる名古屋市西区。菓子問屋街の明道町《めいどうちょう》や円頓寺で駄菓子の食べ歩きなどしたら小遣いの少ない子はすぐ金欠になるよーという昭和の格言ですね。

きよめ餅など銘菓について書いてきて、屋根神様の話では味カレーやビスくんのことも書いたので、この際懐かしの駄菓子について書こうと思い立ちました。

とはいえ明道町の菓子問屋も今は鳴りをひそめ、ひしめき競っていた往古とは比べるべくもありません。

小学五年で仙台から帰ってきた時、西区ってなぜかやたらと製菓会社の多い、甘い匂いのする町だなあと不思議に思ったものです。

すぐ思いつくだけでもグリーン豆の春日井製菓、アルファベットチョコレートの名糖産業、クッピーラムネのカクダイ製菓、四粒入りオレンジマーブルフーセンガムの丸川製菓、楊枝《ようじ》で食べる十二個入りさくらんぼ餅の共親製菓、元祖本田マコロンのマコロン製菓などがあります。マコロンの本田さんちの娘は僕の妹と栄生《さこう》小学校の同級生で、よく元祖マコロンを土産にうちへ遊びに来たものです。

脱線しますが、春日井製薬のCMでその人の本質が昭和か平成か判別できる方法を昔発見しました。「♪かすーがいーの（ラララーラソーファア）」という歌い出しに続くフレーズを人に歌ってもらい、もし「ぐりーんまめ（ミ♯ファーソファア）」だったら昭和、一オクターブ上の「きゃんでぃー（ミーレー）」なら平成です。でも「見せかけ平成人」が無理して「♪

きゃんでぃー」と歌いやがるので注意です。

そもそも右にあげた菓子は懐菓子《ナツカシ》でなく、みな現役ロングセラー商品ですが、歴史があるため懐かしい気がしてしまいます。グリーン豆は小学生の夏にプールへ行くと、なぜか母が必ず持参してきて、泳いだ後に食わせてくれました。あの塩気が炎天下で疲れた体には御馳走《ごちそう》だったものです。

クッピーラムネの食べ方はフルタ製菓のハイエイト眼鏡チョコと同様、まずテーブルの上で色別に分け、数の多い白から食べます。

そのくせマルカワの四粒ガムはちまちま一粒ずつ噛《か》んでおれず「ええいっ」と一気に頬張って食べます。

アルファベットチョコは誰でも同じでしょうが、先に自分のイニシャル、次に家族のを見つけて安心してから、自分とは何の所縁《ゆかり》もない文字から食べますね。

やはり語り尽くせないので次回また。

2015.9.10

あの駄菓子が食べたい

残暑です。暑いです。三十円あればホームラン・バーが買えます。でも最近はどこのコンビニにも売っていません。あの銀の包装紙をめくって四角いアイスに噛りつきたいです。懐に余裕があればゴム製の白い卵のような形の、ヘタを切ってちゅうちゅう吸う「アイスボンボン」や、昭和のセレブの象徴、四角の黒い箱に四角の色つき粒々氷の入ったピンク・レディーおすすめカップアイス「宝石箱」が食べたいところですね。

みんなどこへ行ってしまった、昭和の駄菓子たち。棒付ガムをキャンディーでサンドした「ペロチュー」はいつも遠足のお供。あとリュックには入れやすいけど食べるとき中途半端な大きさの「8分の5チップ」。「鈴木くん」「佐藤くん」もみんな、どこへ行ったの。

大人が吸う煙草《たばこ》の箱に似た憧れのチョコの名は「ハイクラウン」。同じ恰好《かっこう》つけでも「ココアシガレット」を中指と人差指《ひとさしゆび》に挿《はさ》んで食ってるやつはダサかった。

僕は車酔いをする子供でしたが、駅で百円のラムネ「ヨーグレット」か「ハイレモン」を買ってもらい食べると不思議に酔いませんでした。錠剤風な包装から押し出す仕草《しぐさ》が僕にうまく暗示をかけたのでしょう。

同様に駅の売店にたいていい売っていた飴《あめ》菓子「さくらんぼの詩《うた》」と「野いちごの小道」。ありゃ、さくらんぼの小道と野いちごの詩だったか、ちょっとこんがらがりますが、あの丸いんだけど土星の輪みたいなオビ部分がある飴も車酔いに効きました。もちろんこれもおまじないなのでしょう。

前回、地元で製造された駄菓子の話をしましたが、やはり三つ子の魂百までといいますか、懐かしの駄菓子をあげてゆくと、あの最も幼い頃に食べたチープな駄菓子の味に帰着します。

皆さんは「マンボ」という菓子を知っていますか。色とりどりの細いビニールチューブに入った甘く白い澱粉《でんぷん》を前歯で漉《こ》しながらシーシー引っ張り出して食べる究極のザ・駄菓子です。

小学校の近くに工場があり、製造過程で切り捨てられたチューブの端っこ、輪ゴムで固く腸詰めのように縛ってある耳の部分を数十円でごっそり分けてくれるのでした。百円も出したら袋一杯もらえ、形状が連弾爆竹に似ているのでお巡りさんに呼び止められます。するとみな得意げな顔でシーシー漉して見せたものでした。ああ、マンボ。またニヤニヤしながらシーシーしたいなあ。

キャラメルたまらん

2015.10.22

コンビニや売店に必ず売っているキャラメル。何を隠そう僕の近年のマイブームはこのキャラメルです。

しかも流行《はや》りの生キャラメルじゃなく、市販の、明治でもグリコでもない、森永の普通の黄いない箱にエンゼルマークのアレです。

以前フランスのナントの老舗菓子店「ゴーティエ」の、ゲランド産の塩で作った塩キャラメルが、僕のキャラメル史上最高と思われたのですが、帰国して食べた森永ミルクキャラメルがそれと同じくらいおいしいと気づき、ショックで数カ月何も口に入れられなくなってしまい「そう」でした。

僕が特に好きなのはこのミルクキャラメルと、軟らかいハイソフトです。旅のお供にするアレです。ハイソフトを食べると不思議なことに、鉄道の車景が目の前に広がり、ガタンゴトンと音がしてくるようです。味覚・視覚・聴覚の連動！

森永キャラメルには他に和栗やあずき、以前はマンゴー、はちみつレモン、紅茶、ココナッツミルク、チョコなど多種があり、うちにはほぼ全て備蓄されているものの、再販されるまでは、もったいなくて開封できません。

そのうちのハイソフト、前から疑念を持っていたのですが、駅でこの「旅のお供」を売っているのは、なぜかJRの周りの売店やキオスクだけです。たぶん。地下鉄や名鉄の売店には黄いない箱しかありません。ハイソフトとJRのどうでもいいようなしかし強固なコネクションというものが世界の裏側に存在するのです。昔の悪い冗談を思い出しますね。歯科医とキャラメル会社との黒いタイアップ。つまりキャラメルやソフトキャンディーを拡販することで噛むたび消費者の歯の詰め物がとれ歯医者が儲《もう》かるという。確かにあれほど見事にカポッと詰め物をとってみせる物質はこの広い宇宙にキャラメルしかありません。以前は煙草《たばこ》の箱には「吸い過ぎに注意しましょう」、コーラの缶には「振らずにお飲み下さい」と表示がありましたが、キャラメルの箱にも注意書きをしたらどうでしょう。でも錠剤じゃあるまいし「噛まずにお飲み下さい」とか書いちゃうと昭和のサザエさんのエンディングみたいに「ホンワッフッフン！」って喉《のど》につかえちゃいますからやっぱり問題ですね。

まあでも、初めこそワクワクと舌の上で転がしていても、時間の問題で嚙みますよね、あれは。だって唾液《だえき》の出ること出ること。たまらんもん。

嚙んで飲め

2015.11.5

缶コーラは「振らないでお開け下さい」といい、錠剤は「嚙《か》まずにお飲み下さい」という。しかし世界には「よく嚙んで飲みましょう」という摩訶不思議な飲み物が存在する。牛乳だ。

この世におぎゃあと生まれてからこちら、お乳の飲み方など指導されなくともできとるわい。小学生の僕は先生のいう言葉の意味が解らなかった。何が不思議って、固体でなく、液体を「嚙め」とはこれ如何《いか》に。

かつてウルトラマンレオで、レオである主人公ゲンが師のモロボシ・ダン（ウルトラセブン）から、「ツルク星人に勝つ技を得るには、流れ落ちる滝の水を真一文字に切断できなければならぬ」と言われ、滝の水を何度もチョップし続けるという、禅問答かブラック部活並みに理不尽な特訓に没頭させられる逸話があり、最後には「あっ、切れた！」となるのだが、液体を嚙み、しかるのち嚥下《えんか》せよとは恐らくそういうある種の宗教体験のような境地を得よという、小学生には余りに酷な試練を先生は課したのかと思われた。

だが、よくよく聞いてみたら「冷たい牛乳を急にお腹《なか》に入れると下痢になりますからね。

いったん口の中で体温と折り合いをつけ、ぬるくしたやつを、少しずつ喉《のど》へ通しましょうね」という理屈だったのである。

本当は僕はあのとき少し目を輝かせたのだ。「よし、僕もレオみたいに牛乳を歯で切って飲んでみせる！」と。

まあでも、下痢症の僕はこの教えには助けられてきたと思う。調子に乗って、仲間とめいめい牛乳瓶を持って輪を作り、ありえないような変顔を互いに見せながら、3・2・1で全員が一気飲みし、うち数人が堪《たま》らず鼻や眼《め》から牛乳を噴き出すという遊びにも参加せず、よおく嚙み嚙みして飲んだ。

大学に入ると学生寮でしこたま冷たいビールを飲んだが、勝手が判らず、そこは基本に忠実に、お口クチュクチュモンダミンという具合に「よく嚙んで」飲んでいたら、僕だけ口角から蟹《かに》のような泡を吹き、嚥下後もゲップが止まらない。「諏訪、何やっとる！ビールは喉で飲むんだ喉で」とアドバイスされ、口中や舌先でびちゃびちゃ味わわず、そこはスルーして一気に喉へ流し込む。すると、なるほど、確かに美味《うま》い。

その後、様々な飲料と出会った。ワインも冷酒もウイスキーも、口中で味わって飲んだ。が、嚙んで飲む飲料には牛乳の他、いまだ出会わない。

金券屋の姐ちゃん

2015.12.3

ユーロのレートが長く百四十円台だったのが久しぶりに百二十円台になりそうなので、街へ出る用があればまとまった額を両替、今年の言葉でいえば「爆替え」しておこうと気負い立った、ら、肝心の金がない。

たった二〜三万じゃ爆替えじゃないし、実際に欧州へ行ったらそんな金、数日でなくなる。体裁からいっても実用からいっても二十〜三十万はさらり、いかにも野暮用で失敬という顔をして替えたいものである。

そこへ運良く原稿料が振り込まれてきた。しめたと思ったが、これをまるまる遠い異国の札ビラに替えてしまっては日本での生計《たつき》がない。今回は指を咥《くわ》えて見ているより他なさそうだ。

そう観念してからというもの、立て続けに街中へ出る用事ができ、銀行の前、金券屋の前を通る。レート表示が忌々《いまいま》しげに目に入ってくる。替える気もないのに小数点以下も凝視する。銀行より金券屋のほうが一円くらいはレートがいい。

と、入場券やら商品券やら切符やら見たさにフラフラ金券屋へ入る。東京へ行く際はのぞみの回数券をバラで買う。展覧会に行く時も、百貨店で大きな買い物をする時も、百円でもいいから得をしてやると金券屋のガラスケースの中を物色する。

この時、掛けていた丸椅子から腰を上げ、この客いったい何探しに来た、と無言で威圧してくるのが、店員の若い姐《ねえ》ちゃんである。

間口も奥行きもない狭い金券屋には、なぜか、若いのに世間ずれした感じの、休憩時間には長細い煙草《たばこ》の口を紅で真っ赤にして吸っていそうなドスのきいた姐ちゃんが数人、必ずいる。

ガラス台の上に電卓を投げ出し、苛立《いらだ》たしげにキーをパチパチパチパチ、まるで僕が小学生の時に流行《はや》ったゲーム電卓（若い人は知らんだろう。右から迫りくるアトランダムな数字を足して十にするとUFOが出現して……まあいいわ）のように叩《たた》く。で、いざ客が「あの券とあの券を何枚」と言うや否や電光石火、バリバリバリとキーを叩いて計を出し液晶板を向ける。

どうも僕はあの商業科出らしき「こちとら電卓なら負けへんで姐ちゃん」が怖い。次々に捌《さば》かれ、オタオタ店を出てゆく客が、まるであのゲーム電卓で撃破されてゆくUFOに見える。

でも、実は彼女らがそう嫌いでもない。化粧は濃いが伝法な姐ちゃんに「ったく!」と冷たくあしらわれるのもまた淋《さび》しい男どもには金券屋の醍醐《だいご》味《み》なのである。

2015.12.17

演歌の時代

先日紅白出場歌手が発表され、時代も変わったなあと感慨もひとしおである。

僕が子供の頃、歌謡曲といえば半分くらいは演歌のことだった。ベストテンにも必ず数名演歌歌手がランクインし、紅白も三分の二は演歌歌手だった。九時から始まる紅白の後半、十時半以降はたいていハイパー演歌タイムに突入する。ポップスの人気歌手の百恵ちゃんやジュリーらが歌った後、怒濤《どとう》のようにそれは始まるのだ。水前寺清子→三波春夫→佐良《さがら》直美→菅原洋一。「哲っちゃん、お風呂」「島倉千代子の次は」「フランク永井」「行ってくるー」。あの「後半必殺演歌固め」は子供を飽きさせ就眠させるためのNHKの策謀だ、そんな流言が子供らの間でまことしやかに囁《ささや》かれた。

授賞式で演歌を歌うほどだから演歌狂でしょうとよくいわれるが、僕は別に熱狂的なファンではない。僕が好きなのはあくまで昭和の演歌、昭和の歌手だ。演歌とは昭和であり、昭和とは演歌の時代なのである。

男。女。酒。雨。雪。旅。船。港。僕らの頃の演歌の傾向はムードと哀愁で、「お富さん」のような艶話《えんわ》は少なかった。とにかく侘《わび》しい切ないのオンパレードだ。男の演歌はとにかく「出てゆく」。女を残し荒海へ出てゆく。女の演歌はひたすら「待つ」。待って待って待ち暮らす。岬や岸壁に立ち幾度も寒い冬を越えセーター編み編み涙するのだ。女は忍耐、男は旅の空。おかしいだろ! 別に僕はフェミニストじゃないが、昭和演歌は社会性差《ジェンダー》的にツッコミどころ満載なのである。

でも、そんな「耐える」系が三度の飯より好きな女がいる。耐えたいんじゃなく、耐えている可哀想な自分を想《おも》い、それに酔いたいのだ。僕の妻も耐えない癖に「耐える」系が好きだ。「北の宿から」「津軽海峡冬景色」「立待岬」「越冬つばめ」ヒュールリ〜。って、やっぱおかしいだろうが！

子供心に演歌を野暮《やぼ》ったく感じたのは、歌手の着る金ピカの服や、素人が慰安旅行で酔ってガナる醜態ゆえだった。演歌にも美学は必要だ。僕は降旗康男監督の映画『駅 STATION』で、高倉健と倍賞千恵子が年の暮れ、北国の場末の呑《の》み屋で二人さみしくテレビを見る、そこで流れる八代亜紀の「舟唄」こそが演歌の中の演歌だと思う。

いま気づいたが、連載が二百回目だった。ネタは依然尽きる気配もない。北島三郎くらい長いこと出続けたいものだ。

2016.1.21

スワ氏現代語解釈辞典

【塩《しお》対応】

味噌《みそ》や醤油《しょうゆ》を頼んでも塩スープで出す頑固な拉麺《ラーメン》屋。

【街角景気指数】

大須仁王門通《どおり》のみたらし屋の行列から算出する指数。

【ドラゲナイ】

ドラゴンズらしくない様《さま》。名古屋弁↓どらげねゃぁ。

【クールジャパン】

侍・なでしこ等と同じ団体競技日本代表の愛称。人見知りが多く、種目も不明。

【経産牛《けいさんぎゅう》】

経済産業省がこの牛だけは殺さんと言って省内で飼っている仔牛《こうし》。仔牛への溺愛《できあい》から省内では始業終業時に必ずドナドナが流される。

【バチスタ手術】

勝算もないのに一か八かでスタートしちゃった手術。

【マザーズ】

史上最強最大のおばさん結社。米露も歯が立たない。

【シェイクシャック】

脅《おど》かすかわりに相手を揺さぶり吃逆《しゃっくり》を止める超裏技。

【コアコアCPI】

ジュラ紀の翼竜。たぶん。

【昆虫サイボーグ】

仮面ライダーの正式学名。

【ロカボ】

ロカビリーだけしか歌えないドサ回りの老ボーカル。

【ボカロ】

ロカボの隠語。通常わざと人が聴き取り辛《づら》い機械のような高い声で発音される。

【ブラックフライデー】

花金に深夜残業すること。

【ハッピーマンデー】

土日の注文書が山積しているかなと鬱《うつ》気味だった営業事務員が来てみたら一件の注文もなかった月曜の朝。

【ステマ】

使い捨てられた付け睫毛《まつげ》。

【粛々《しゅくしゅく》と】

無感情で強制執行する様。

【デコメ】

↓「三つ目がとおる」参照。

【JKリフレ】

次長と課長の盆休み旅行。

【ノーバン始球式】

アイドル名で煽《あお》り、団塊世代の風俗喫茶ファンを騙《だま》して球場へ大挙させる詐欺。

【ユビキタス】

絶壁に指先で摑《つか》まったフリークライマーがついに力尽き隣の先輩へ洩《も》らす弱音。

【セルフィー】

飴《あめ》菓子の品名。♪ほーら、せるふぃぃいー、もひとつ、せるふぃぃー。あなたにも、せるふぃー、あげたい。

【テラハ】

初詣は神社でなく寺の人。

【着拒《ちゃっきょ》】

管制塔のパイロット苛《いじ》め。

【ニンニクリターン】

投げつけた大蒜《にんにく》を吸血鬼がピッチャー返しすること。

【ナッツリターン】

昨晩バーでどうしても割れず残した殻が堅く割れ目のほとんどないピスタチオが使い回されて今夜もまた出てくること。

2016.2.18

さようなら婆さん：上

婆《ばあ》さんA「愛ちゃん！　ほんな一気にスナックパン頬張って！　行儀悪《わり》いねぇ」
孫「ん、いっけきまーふ」
A「気いつけやぁ。全く」
婆さんG「おはようさん」
A「おはよ。またどうしたの。屍《しかばね》みてゃぁな顔して」

G「スワ氏ロスや。あのコラム終わってまうんだと」
A「ぬえっ！　スワ氏文集《もんじゅう》が？　嘘《うそ》やろ、嘘やろ？」
G「これであの二人のとれぇ婆さんともお別れだて」
A「いかん、婆さんは、婆さんは、青春じゃった！」
G「婆さんとらぁはとうに青春終わっとらっせるに」
A「違う、わしの青春…」
G「それも終わっとるて」
A「あんな名古屋弁もう聞けんに。わしらみてゃぁな標準語世代《せでゃあ》ばっかになる」
G「ほぉやて。わしもまぁがっかりしてまってよぉ」
A「あ、猫んたぁに餌《エサ》やりこなしに出て来てまった」
G「猫みてゃええわ。ほぉいや、おみゃーさんとこに同窓会《きゃあ》の案内《あんねゃあ》来たぁ？」
A「同窓会？　中学のか」
G「そう。行かっせる？」
A「来とらんし行かんわ」
G「あんた嫌《きりゃ》ぁだもんな」
A「立食パアチーな。いくらだ？　今回も八千円か」
G「そうやったな、確か」
A「行けすか。料亭会席でもなし、給仕もされん立ち喰《ぐ》いぶっへに八千円って」

G「行けんて。たったの八千円かいう人と八千円もかいう人と二種類おるのに」
A「会費でよ、勝ち組と負け組選《え》り分けといて、後は金持ちの見栄《みえ》張り競争だ」
G「着てく服やら靴やら、飯喰う量まで、その人の財力、全部出てまうやつな」
A「名古屋の庶民が一番嫌いなやり方なんじゃねゃぁの」
G「ほんとそう。足がえらなって壁際の椅子に座って喰っとりゃ村八分だしよ」
A「ピラフ取りすぎたら後ろから舌打ちされるしな」
G「でも先にご飯物《もん》で腹拵《こしら》えとかんと持たんからな」
A「喰わな腹立つしなも」
G「立腹パアチーだなも」
A「立食は名古屋じゃ昔から〈先喰い必勝〉いうが」
G「ほんなことというかね」
A「乾杯したら前菜からでなく逆に廻《まわ》ってピラフ大喰いや。いくら旧友に話しかけられても一心不乱にな」
G「ほぉほぉ、ほれで?」
A「満腹んなってまや後はグラス片手に高みの見物だわ。あら里ちゃん、まだお食べになるのオホホホホ」
G「やらしいねぇ、嫌な人間の博覧会《きゃあ》みてゃぁだね」
A「結局な、高い服着て会費だけ払って何《なん》も喰わん者《もん》が一等賞んなるアホな競争だわ」

G「あんたと喋《しゃべ》っとるといよいよ行きたなくなるでおそぎゃぁわ」

さようなら婆さん：下

2016.3.3

婆《ばあ》さんA「おはようさん」
婆さんG「はい、おはよ」
S氏「お早うございます」
G「ん？　あんた、だれ」
S「近所に住む記者です」
A「前も会ったがね、確かインタビューだか何だか」
G「あ、あの時の記者か」
S「ご無沙汰致しまして」
A「この向かいのアパートの人やろ。わしんちの真ん前なのに会うの二度目だ」
S「夜勤ばかりなんです」
A「だで髭《ひげ》ボーボーだわ。今日は眼鏡までしとるが」
G「シガスカオみてゃぁ」
S「スガです…というかそもそも全然似てないです」
G「やっぱあんた、本当はスワ氏なんじゃゃねゃぁの」

S「いえいえ、滅相《めっそう》も…」
A「写真とえらい違うで」
G「ほんでも疑わしいが」
S「どうぞこれ。実は私引っ越すので、ご挨拶《あいさつ》をと」
G「何これ、菓子折りか」
A「大きすぎん箱の形、軽さ、振るとしゃかしゃかいう音、お茶っ葉だろうが」
S「以前スーパーでお見かけした際、茎ばっかの茶葉をお買い求めだったので」
A「何言やぁす。わしんとこじゃ玉露しか飲まんよ」
G「嘘《うそ》こけ。見栄《みえ》はって」
S「まあまあ。よろしければGさんもこれ、お一つ」
G「わぁるいねぇどうも」
A「お、このしゃかしゃか音は…ティーパックだな」
G「ちょっと。それ言うならティーバックでしょぉ」
A「そうか。そうだった」
S「クでなく、グですが」
G「まあ何でも一緒だぁ」
A「でもあーりがとねぇ」
G「ほんにありがとさん」

S「つまらぬものですが」
A「けどわしらあんたに何もしたった覚えねゃぁよ」
G「ほぉだ。これ悪いわ」
S「実は…これはスワ氏からの餞別《せんべつ》でもありまして」
A「あの諏訪さんが何ぃ」
G「いよいよ解《わか》らんねぇ」
S「その…もしこの場所で毎朝、お二人がとれぇ、いや、品の良い尾張の言葉でお喋《しゃべ》りなさいませんでしたら、今のスワ氏文集の人気も恐らくなかったろうと」
A「そう言わっせるんかスワ氏が、お陰様だつって」
G「えー？　本当かー？」
S「本当です本当です」
G「変だね、わしら何のネタも提供しとらんのにな」
A「おぉ。スワ氏が近所に住んどるはずもねゃぁし」
G「第一わしら一切《いっせぇぁ》ナマっとらんし、せれぶ言葉だ」
S「いつのセレブですか」
A「ざーます言葉だわな」
G「ほぉでざますきゃぁ」
S「とにかくお二人に、どうか長生きして頂きたいとお伝えするよう本人から重々ことづかっております」
A「ありがと。帰ってティーバック試すわ」
G「わしも」

スワ氏まんじゅう計画

2016.3.17

ついに最終回が来てしまいました。ご愛読頂きました皆さま、長い間、本当にありがとうございました。

この「スワ氏文集」は、僕が作家業を始めた翌年の七月から、毎週一回連載でスタートしました。記念すべき初回は、新舞子の海の遠い思い出を書きました。

百三十回を過ぎた頃、単行本になり、その表紙絵は南伸坊さん筆の、愛らしい「饅頭喰《まんじゅうく》い人形」でした。偶然とは怖《おそ》ろしいもので、この人形の石像が新舞子にあります。名鉄新舞子駅北の線路脇に、石の人形が饅頭を割った姿で立っています。

父母が子に「父さんと母さん、どっちが好きか」と訊《たず》ねた際、賢い子は一つの饅頭を割って「どちらの饅頭が美味《おい》しいでしょうか」と返しました。当然比べることなどできません。これは昔から家族円満を表す縁起物の、普通は土を焼いて彩色した素朴な人形です。

本が出た時、サイン会で読者の方が笑いながら「この表紙、もんじゅうじゃなくスワ氏まんじゅうっていう洒落《しゃれ》やろ」と仰《おっしゃ》り、いやあ、違うと思いますよと返したら「ええけど、本当に〈スワ氏饅頭〉っていう土産をどこぞの店が売り出したら絶対売れるに」と仰いました。その場は笑ったのですが、この話をする度、みんな一回笑ってから恐《こわ》い顔になり、「や…待てよ…普通の上用饅頭にスワ氏の焼印押《やきいん》すだけでも話のタネに買いたくなるわな」と。バカバカしい、誰がこんなバカみたいなコラムの名前に食指を動かされますか、というと「あんた、スワ氏のファンの数、ナメとったらかんよ！ たあけなコラムだもんで、たあけな饅頭も売れるわ！」と嬉《うれ》しいような哀《かな》しいような激励ついでに「サイン会の売り場の横にでも箱入りで積んどいてみい、少なくともあんたの小説より遥《はる》かに売れるわ！」って…。お客さん…、それを言っちゃあおしめえよ！

あくまで空想ですが、もし本当に作るなら、連載中ご縁のあったきよめ餅総本家にやって頂きたいなあ。でもあれは饅頭じゃなく餅か。とすると両口屋是清あたりか。春日井製菓さんでもいい。いずれにしろ連載自体が終わっちゃうんだから、饅頭の売れ行きだって一過性に決まっています。

と、まあ皆様、よくも長いこと、こんなバカバカしいコラムにお付き合い下さいました。でも、たぶんスワ氏はまたいつか帰ってきますよ。あの婆《ばあ》さんたちと一緒にね！

II

西向くサムライ・その他のエッセー

お父さん、お父さん

「子とともに　ゆう&ゆう」2009.8

一人の人間には、必ず一人の父と一人の母がいる。たとえ今ではどちらかが、いや両方がいない人でも、かつては必ずいたのだ。このぼくにだって今、一人の母がいる。そしてかつて、一人の父が、いた。

父は「父」でなく「お父さん」だ。父に「親父《おやじ》」なんて言ったことは一度もない。弟も妹も母もみな父のことは「お父さん」だ。といって別にぼくらはいいうちの坊ちゃん嬢ちゃんではない。ではないが父を「お父さん」と呼ぶ。からかいたい人はからかえばいい。

世の男の子たちはみんな家で父親のことを「おい、オヤジ！」と呼んでいるのだろうか。ぼくは小学生のころ、男子はみなそう呼んでいると思っていた。みなが「おれはオヤジって呼んでるぜ。だれがお父さんなんて呼ぶか。女じゃあるまいし」という顔で生きていた。ぼくだけが「お父さんをオヤジなんて呼べるはずがない。恐ろしい」と思っていたのだろうか。

父は声も太く大柄な、昔の早大出のバンカラで、すごい威圧感のある人だった。家族でないものが威圧されるのだから、家族のぼくらが無事であるはずはない。子どものころ、ぼくはほんとうによく殴られた。一発の張り手が重い。腕も手首も太く、てのひらの分厚い父の一撃は痛かった。弟はぼくよりもっと殴られた。母はもっともっと殴られた。母は多く殴られたが、弟は父からより多く兄のぼくから殴られたので、件数としてはたぶん母より多く殴られた。年の離れた妹がいちばん殴られなかった。父が妹をあまりしからないので、しかたなしにぼくが代わりにしかって育てた。そのかいあってか妹はとてもいい子に育った。母は父の死後どんどん横着になってゆくため、これも今では父の遺志を継いで、しかたなしにぼくがしかっている。

そんな父は生前、ちょっと異常なほどぼくら家族を愛した。父には家族以外に愛するものがなかったのかもしれない。だが、父の愛は子どものぼくにはうっとうしく、重荷だった。授業参観でもないのに朝早い一限目くらいに学校に8ミリカメラを持ってきて、低学年の一階の教室を校庭から窓越しに撮りつつ手を振った。先生も笑って手を振った。教室中が笑って手を振る中、ぼくだけが机に突っ伏して羞恥《しゅうち》に耐えた。ちびまるこちゃんの親友のたまちゃんにもそういう子煩悩のお父さんがいるけれど、ぼくは男の子である。男の子とは人前でかわいがられることを嫌う生き物だ。男の子は飄々《ひょうひょう》と独立不羈《ふき》で生きなければいけないものなのだ。

父のある奇妙な口癖（ポンパ）のことを昔ぼくは小説に書き、それが認められ作家になった。いつかぼくが墓の下で父と再会したら、こんな話になるだろう。

「お父さん、見てのとおりの人生だったよ」

「おまえが作家とはな」

「お父さんの変な口癖のおかげだ」

「お母さんはおまえが先に来たから今ごろ横着しほうだいだ」

「お母さんは当分来ないよ」

「ああ」

「お父さん、ぼくは手のかかる子だったろう。ごめんよ」

「おれも晩年は病気で世話をかけた」

「お父さん、久しぶりに将棋でも指そう。話したいことが山ほどあるんだ」

電子が生んだ「氷の世界」

「あじくりげ」2011.10

仙台から名古屋へ引っ越してきた小学五年生の僕は、一宮の親戚《しんせき》の家で、生まれて初めて電子レンジという物を見た。冷たいご飯がほの明るい箱の中でゆっくり回ってチンと鳴ると、湯気の立った温かいご飯が出てきた。感動ではなく、何か恐ろしい手品か詐術を、種も明かされずに見せられた気がして、そのご飯を食べることができなかった。上手《うま》い話には必ずウラがあると子供ながらに思っていた。おいしいおいしいと言って食べている親類たちは本当は狐《きつね》に騙《だま》されていて、そのご飯は実は、馬の糞《ふん》なのかもしれないのだった。

あれから三十年、電子レンジを使わない日はない。少年期のうぶなこころを、僕は文明という悪魔に売り渡してしまった。どんなものでもレンジでチンすりゃ温まる。そんな安易な考え・習慣がいつのまにか身についてしまっていた。なぜチンすれば温まるのか、食物や水分を分子のレベルで振るわせ、摩擦させて、熱がおきるから、温かくなるんだよ、といくら口で説明されても、それは相変わらず目には見えず実感も湧《わ》かずで、…ということは、つまり、僕は今でも湯気の立った馬の糞を、おいしいおいしいと言って、もりもり頬張《ほおば》りつづけていることになるのである。

電子レンジで温める物のうち最も多いのは白飯だろう。でも僕は、タッパーに入れて「冷蔵庫」で保存した白飯しかチンしない。人がよくやる、あの「冷凍庫」で凍らせた白飯の、鏡餅《もち》みたいに真っ白な丸っこいラップ包みは、生理的にどうしても受け付けない。いくら出来上がりの味が同じでも、「冷蔵」したご飯と「冷凍」したご飯は、僕にとって絶対的に次元の異なる食べ物なのである。

理由は…、凍らせた物でも徐々に腐敗すると知っているからとか、温めたときにお粥《かゆ》みたいに水っぽくなるからとか、まあ色々あるが、「生理的に」受け付けないわけは、おそらく、白いことでなく丸いこと、つまり丸くて重くて柔らかいものがぼったりと落ちたようなあの形によって、路上の馬糞を想起させるからという答えが、迷妄と自覚しつつも、鮮烈な心象図を伴って浮び上がってくる。

僕が実家で母の手料理を食べる際、母は僕の食の細さを見て、「なにーあんた、ご飯足りんのかね。ほんならこれチンしや」と、台所のテーブルの上にコンコロコンコーンと白く凍った丸いボールを投げてよこす。一瞬、あの懐かしのアイス、「メロン・シャーベット」が転がされたかと間違うような音がするが、それは「メロン〜」などではなく、僕の天敵「ご飯シャーベット」なのであった。

平安時代に人々が食していた「強飯（こわいひ）」や東下《あずま》りなどの旅に携帯していった「乾飯（かれいひ）」などは、現代の電子レンジの副産物である氷状のご飯＝「凍飯（いていひ）（↑僕の造語です）」のように水分ごと、つまりご飯の成分をまるごと含んだものではない。現代では冷凍チャーハンや冷凍ピラフなども食されているが、平安時代の「乾飯」は、要は「干し飯」なわけで、干し肉や干し大根や干し柿《がき》や干し芋のように、乾燥させて作られるぶん、腐りにくい。古人はこれを寂しい旅の空、水で戻したりして口にしたといわれる。伊勢物語などには、旅の一行が三河の国八橋《やつはし》の沢のほとりで乾飯を水にふやかせて食す場面が出てくる。そこで杜若（かきつばた）の咲いているのをみて、男が望郷の念をこめた歌を詠むと、人々が乾飯に涙を落としたので「かれいひ」も水分を得て自然に「ほとびにけり」となった情景が描かれている。

平安人の風雅は、現代の無粋な僕らの文明からは遥《はる》かに遠い。乾飯が水にふやけ「ほとびる」までの待機の時間さえ与えられていない。数秒でチンと湯気が出る。「チン」の音に単身赴任サラリーマンの悲哀を感じる者もいるだろうが、機械音と電子の「見えない運動」の元で胸に迫る寂寥《せきりょう》などたかが知れている。冷凍、冷凍、また冷凍。僕らはいま、電子時代の安っぽい「氷河期」を生きている。

「あじくりげ」2012.4

夢のたまごかけごはん

あーぁ、あーぁ、たまごごはん。ぎゅろぎゅろすすろう、たまごごはん。いーな、いーな、たまごごはん。たべてみたいな、いつの日か。とうさん、かあさん、いただきます。ぐるぐるまぜまぜ、いつの日か。たべてみたいな、存分に。まぜすぎ注意、たまごごはん。ちょいまぜがいい、たまごごはん。しろみの食感、こわさぬよう。一、二の、三、四、たまごごはん♪　彼女と食べよう、たまごごはん。いろはにほへと、たまごごはん♪　世界の常識、たまごごはん。そこのけそこのけ、たまごごはん♪

……と、いうような発作的な「たまごごはん食べたい衝動」が、年に数度、人間にはやってくるものですね。ひとたびやってきたら、それは町を襲い、家々を押し流し、草の根までひきちぎって荒れ狂います。ああ、おそろしい。鎮《しず》まりたまえ、たまごごはん♪

毎年、健康診断で、僕は、身長百八十四センチ、体重五十八キロで、「やせすぎ」のくせに、「悪玉コレステロールが二〇〇で要通院」などというご託宣をいただきます。「運動しましょう」「水分をとりましょう」「卵は食べないように」……。このため僕はここ数年、卵、とくに生卵を食べられないのです。イクラも筋子もうずらも、卵類はぜんぶＮＧ。ゆでても焼いてもＮＧだそうです。

人間はノンアルコール・ビールを造ったのですから、技術を駆使すれば、「ノンコレステロールたまご」を造れるはずですよね。造れます。いいや、断固として造らねばならないのです。人類の明日のために。

卵料理でもっともポピュラーなものといったらオムレツでも目玉焼きでもなく、もちろん「たまごごはん」です。世界の常識。万国共通です。いいや、断じて共通でなければならないのです。人類の明日のために。

たまごごはんはどうしておいしいのでしょう。僕が長い間食べていないから、ではありません。たまごごはんは実際に、高級レストランのフルコースより、はるかに美味です。黄身のコクと醤油《しょうゆ》のアクセント、隠し「味の素」との絶妙なバランスももちろん欠かせませんが、なにより重要な要素を担うのは、白身のぎゅろぎゅろした、あの食感です。

むかし、おおぜいそろった家族の団らん、今晩はすき焼きだー！　と、はしゃぎまわっていると、はいはい、哲《てつ》ちゃん、器に生卵、割っておいてね、卵一個をふたつのお皿に分けるの、平等に、上手にはんぶんこしてちょうだいね、と、母が僕に命じます。ええー、ひとり一個にしようよー、と愚痴を言っても聞いてくれません。しかたなく、僕は分け分けします。でも卵というものは、うまく分かれてくれませんね。どういうわけだか、必ず黄身の多い皿と、白身の多い皿とになってしまいます。箸《はし》でつまみながら分ければいいでしょ、と母に言われて、そうやってはみるのですが、一方の皿をもう一方の上に傾けると、あらかたまぜ終わって液状になった黄身から初めにちろちろ流れ出し、いかん、このままでは黄身ばかりが流出してしまう、と思って、必死に支えていた箸の力を、こころもち、ほんのすこーし、ゆるめるやいなやぎゅーろぎゅろぎゅろ！　ああっ！　すりぬけ白身の大逆転劇！　ぜんぶ出ていっちゃって、結局もういちど、反対の皿を傾け、白身をうまく箸で加減しながら、なんとかはんぶんこに、そおーっと、そおーっと、もうちょっと…って言ってたらまたぎゅーろぎゅろぎゅろっ！　こらぁ！　白身が、いつまでもいうことをきいてくれません。

まあ、でも、いっか。僕が白身の多い方をとればいいのだし。そう思って、なにげなく白身多めのお皿を知らん顔で自分の前に置いておき、黄身の多いやつを弟の前に置いておきます。弟は馬鹿《ばか》なので黄色い方が喜びます。へっへ、馬鹿め。お前は白身のぎゅろぎゅろの喉《のど》どおりの快感をまだ知らぬのだ。あまりまぜすぎないくらいのぎゅろぎゅろのうまさを知らぬのだ。へっへ。

子供のころ、そうやってすこし大人の優越感にひたっていました。そして大人になったら、まさかの卵禁止令。でも、白身だけなら、食べてもいいんですよね、お医者さん。

受話器の向こう

「あじくりげ」2012.9

僕はいま何をかくそう「恋愛小説」なるものを執筆中なのだ。だから艶《つや》っぽい話くらい少しは書けるはず、いや、書かねばならぬところである。…のだが、…いかんせん、現在の僕にとって恋というものは、もはや過ぎ去ってしまった、遠い遠い古代の、セピアがかった、歴史の断片のようなものであって、あの鮮烈な恋特有の色彩、鼓動、芳香といったもろもろを、情けないことに、さっぱり思い出すことができずにいる。こうなったら、ひとえに芸のためと思い定めて、どこぞの女人と無理やり恋に落ちるしかないのか…といった、まさに土壇場なのである。

僕らの時代の恋ときたら、いまと違って携帯電話がなかった。携帯のメールアドレスを交換するといった、ジャブのようなモーション、さりげない打診、つまり初期動作をすべて封じられているので、告白の「予感」「兆し」「前ぶれ」を示せない。したがって、好きな子の自宅に、緊急連絡網でもないのに唐突に電話をかける行為じたいが、即座に「告白」とイコールに解釈されてしまう。

かかってきたこともないクラスの男の子から、娘に電話がかかってきた、イコール告白である。リン、リリリリン。ガチャ、「はい、もしもし?」「あ、あの、その、えと、2年G組で一緒の…」これでもう告白である。リン、リリリリン。ガチャ、「はい、もしもし、どなた?」(やっぱ勇気がくじけて)ガチャン、ツー、ツー、ツー…、はい、告白未遂。こんな野蛮な、あまりにもむごすぎる環境のなかに、僕らの青春はあったのだ。

庄司薫の名作『赤頭巾ちゃん気をつけて』は、こんな秀逸な書き出しで始まる。

―ぼくは時々、世界中の電話という電話は、みんな母親という女性たちのお膝《ひざ》の上かなんかにのっかっているのじゃないかと思うことがある。

まったくもって、よくぞ書いてくれた薫クン!と快哉《かいさい》を叫びたくなるような文章だ。

僕ら男子高校生は、このように電話という代物が好きな女の子にでなく、すべてそのお目付け役である母親へ直通する真実を、なかば呪《のろ》っていたものである。時には父親だって出る。父親なら即座に切るしかない。いとしの深窓の令嬢は、あわれ高い塔の上階に幽閉されているのでありました！

　僕らはゲリラ的な手段に打って出るほかなかった。つまり、なんとかかんとか、虚言を弄《ろう》してでも、本命の少女を電話口にまで誘い出すのである。まず、三十枚ほどの十円玉をポケットのなかにじゃらつかせながら自宅を出て、かどのタバコ屋の赤電話の上に十円玉を五枚ずつ、積み重ねて並べておく。受話器を上げ、入るだけの小銭を電話に投入し、逸《はや》る心を落ち着かせてダイヤルを回す。トゥルルルル、ガチャ、はいもしもし。僕は周到に用意しておいた「向こうがこうきたらこう言おう枝分かれ回答集」を広げて、「母親が出た場合」の項目を読む。「夜分すみません。クラスメイトの〇〇です。学園祭の件で連絡事項です」「あの子、いま勉強してるから伝えておきますわ」…こうきた場合と、直接代わってくれる場合の二択の枝があり、僕は「こうきた場合」の枝を指でたどる。「催しに関するクラスメイトの意見も急きょ集めているので、できれば、その…」「それはどんなご質問ですの？　すぐ聞いてきますから」…そうきたか。そうこられたらもう二択はない。手強《てごわ》いのがきたな。「いえ、では週明けに学校で話します」「後であの子にかけ直させますよ。失礼ですが、お電話番号は？」…困った。こっちはこっちで自宅にかけ直されてはかなわない。居間の電話の前には両親がいるのだ。「いえ、僕、いまから塾なんで、返信はいいです」「遅いのに今から塾なんて立派ねえ。どちらの塾？　杉浦塾？」「失礼しました」ガチャン。

　いやー、こんな恐ろしい番犬がいる家だとは思わなかった。金輪際ここに電話するのはよそう。しかし、ならばどうしたものか。手紙。体育館の裏。だめだ。斬新《ざんしん》さに欠ける。「スワ君は○○ちゃんが好きっていう噂《うわさ》をクラス内にそれとなく自分で流す作戦」。うーん、リスクは高いがこれでいくしかあるまい。……

ビール「風」飲料の話

「西日本新聞」2012.11.17

僕は九州の方のように毎日焼酎を一升空けてしまう酒豪ではなく下戸なので、もっぱら酒は缶ビール、いや、正確には「缶」発泡酒、「缶」その他のお酒、等々である。

一晩に一缶まで。風呂上がりに飲むのは近くのイオンにある一缶あたり約八十二円のビール「風」飲料だ。八十二円の悦楽である。

イオンには他にみりん「風」調味料などもあり、本物より格段に安い。もちろん「風」のほうを買う。舌が馬鹿《ばか》なので違いなどない。違いがわからない男の幸せがここにある。

一事が万事で、同じようなものならすべて「風」でいい。まずかろうが、健康に悪かろうが、知ったことではない。総量や価格で比較して、グラムあたりが安いほうを買う。

もっとこの「風」商品を増やしてほしい。タバスコ「風」調味料、マヨネーズ「風」調味料。惣菜《そうざい》売り場には、はまぐり「風」あさりの佃煮《つくだ》、あさり「風」しじみの佃煮。

食品に限ることもない。シャンプー「風」洗髪剤、歯磨き粉「風」ねり石鹸《せっけん》、総合感冒薬「風」部分感冒薬、春の新色ルージュ「風」筒入り赤クレパス。全て破格の値段。

地デジ対応「風」ブラウン管テレビ、ブルーレイ「風」VHS録画機。ジョギングシューズ「風」体育館シューズ、A4がすっぽり入る「風」でぎりぎり入らないランドセル、名古屋市指定ごみ袋「風」名護市指定ごみ袋。

脱線したが、ビール「風」飲料は、できれば透明なジョッキに注いで飲みたい。これだけでよりビールに近くなる。ビール「風」を、いかにして真のビールに近づけるか、それが僕らの人生の課題である。だが、「風」はジョッキに注いでからの泡持ちが短いため、注いだ瞬間に一気飲みする必要がある。安物のみそ汁と同じで、時間をおくと、ぜんぶ成分が下に溜《た》まって馬脚をあらわす。だから注いでは一気できるように、なるべく小さなジョッキがいい。ふつうのグラスくらいの容量の、形だけはジョッキ、つまりジョッキ「風」グラスがダイソーに百円で売っている。百円もするといえばするが、死ぬまで割らずに使えば百円は安い。安いものほど長持ちする。かなしいかな、世の摂理である。

で、一生割れないジョッキ「風」グラスと、一缶八十二円のビール「風」飲料とが、冷蔵庫で僕のためにじっと冷えている。まさにプレミアム――。この至福を誰にゆずることがあろう。

風呂から上がる。すでに原稿は書けている。録画しておいた欧州サッカーがある。明日は取材も打ち合わせも大学もない。やったー！　冷蔵庫から僕のために冷えていた二つの「風」をおもむろに取り出す。ひんやりクール。プルタブに爪を引っ掛ける。一呼吸。そして、西日本新聞の締切が明日だったことを突如思い出す。もうプルタブに爪はかけられている。締切は明日。プルタブ。締切。プルタブ。締切。プル。プル。

一時間後の現在、僕はこうして、しらふで原稿を書いている。冷蔵庫には明日の晩の僕、全てから解放された真に自由な僕のために、ビール「風」とジョッキ「風」とがじっと冷えている。忍耐強く。じっと。

「あじくりげ」2013.1/2

大須の巨人に会う

先日の十一月十五日のこと、名古屋アングラ芸術界の巨人であり、今やこの分野では最古参の生き字引であろう元「大須スーパー一座」主宰、そして名古屋が誇る前衛芸術集団「ゼロ次元」の領袖《りょうしゅう》であった岩田信市《しんいち》さんのお宅を訪問し、夜まで楽しいお酒と奥さまの手料理をいただいた。

岩田さんのおうちは大須の町のほぼど真ん中にある。庭に土蔵と竹藪《やぶ》のある本宅と、路《みち》をはさんで立つ三階建てのモダーンなビルとがあり、ビルはビルでも中身はアトリエと、以前あった別宅から岩田さんが自らの手で移築したという風情ある和室の内装である。

「ゼロ次元」の名は、学生時代に恩師の種村季弘《すえひろ》先生から教わっていたし、中島貞夫監督の傑作映画『にっぽん'69セックス猟奇地帯』での、ふんどし姿の裸の集団が、お神輿《みこし》さながらに布団をかついで銀座を練り歩くパフォーマンスのシーンも観《み》て知っていた。「ゼロ次元」の岩田信市といえば、県立旭丘高等学校の美術科でこれまた前衛芸術家の赤瀬川原平さんの同期ということでも記憶していた。しかし、名古屋へUターン就職したのちに観覧し始めた大須演芸場のスーパー一座のロック歌舞伎の岩田さんと、このゼロ次元の岩田さんとが、恥ずかしいことに、名古屋にいながら長く僕のなかで一致していなかったのである。

初めて腰を据えてお話をしてみて、岩田さんはやはりとてつもない巨人だと思った。芸術の巨人でもあり、また実際に、あの世代の中では大柄な体格の方だと思う。ちょうど恩師や僕の父ともほぼ同世代（昭和十年生まれ）であり、バンカラの気風のうかがえる、真に器の大きな人物だ。

訪問は中日新聞の演劇の記者である三田村さんの思いつきで、七ツ寺共同スタジオ支配人の二村利之さんとも連れだって、まさに僕の名古屋文化の勉強のためにお膳立《ぜんだ》てされたようなたいへん贅沢《ぜいたく》な時間になった。

岩田さんはお酒をよく飲まれる方だった。ビールから始まり、お気に入りの奈良の日本酒へと、ほぼ休みなく飲みつづけ、語りつづけられた。僕は缶ビールを三つ空けた時点で連日の仕事の疲れがどっと出て、失礼ながら最後の方はこっくりこっくり船を漕《こ》いでいる始末だった。

岩田さんの三階のお住まいはすごい。文人の使うような座敷と、アトリエと、屋上テラスに出っ張ったガラス張りのサロンとが隣接し、僕ら四人はもっぱらそのサロンで歓談したのだが、そこの床や壁を覆い尽くす青と黄のタイルが風変わりで、うかがえば、昔ポルトガルの職人にオーダーメイドで寸法を指示して作って送らせたものなのだそうだ。岩田さんという人は、とにかくやることなすことといちいち規格外の人なのだ。

通りをはさんだ本宅から、ビルの三階まで、奥さまがわざわざお手料理をはこんで下さる。訪問者三名はお皿が出るたびに立ちあがり、恐縮する。つまみ・唐揚げ・お寿司《すし》・あつあつのおでん・デザートの柿《かき》まで、僕らは恐縮のあまり「いや、奥さま、もう、ほんとうにけっこう、ほんとうに」を繰り返した。

四時間ほどの会食だったが、岩田さんから、昭和の名古屋アンダーグラウンド芸術の貴重な逸話などを聞くことができた。ぜひまたお伺いしたいものだ。

岩田さんは本もよく読まれるようで、これまでに内外の文学をいろいろ読んで、今はエミール・ゾラを読まれているとのことだった。膨大な「ルーゴン・マッカール叢書《そうしょ》」の作家、自然主義文学の騎手と言われるゾラの長編群を、岩田さんのような過激なアバンギャルドの芸術家が読んでおられるというのは面白い。『ナナ』よりも『ジェルミナール』や『居酒屋』がいいという岩田さんは、芸術のドラマ性よりも、現実世界の構造・バランスの不思議さのようなものを、あえて俯瞰《ふかん》して見ておられるのかもしれない。

ゾラか。僕もいつか数年かけて全集で読んでみたいものだ。読めないだろうなあ。

「中日新聞」2013.3.22

おい、ここは大学だぞ

作家業の傍ら、大学で文学を教えています。拙著『偏愛蔵書室』で書いているような文学論や芸術論をレアな映像なども使って漫談調に講義しているのです。

週に一度の授業に合わせて鬱《うつ》から躁《そう》への薬で無理やりテンションを上げますが、上げすぎて失敗することもあるそうです。そうです、と書くのは自分じゃよく覚えていないからで、そういう日は講義の後、教え子から「先生、今日は長いこと壇上で踊ってらっしゃいましたが…」などと言われるのです。僕は「おいおい、僕が授業中にそんなことするわけないだろう」と返しつつ、身に覚えがなくもないのです。

踊ったというのは大げさで、僕は余談で前夜に見た夢の話を身振《みぶ》りとともに語っただけです。僕が通勤に使う地下鉄星ケ丘駅は、椙山《すぎやま》と愛知淑徳の二つの学園があるため女子学生が多く、椙山は三越のある西側改札を、淑徳は東側改札を使うので、敵対もせずうまく棲《す》み分けられているのですが、夕方の混雑時はホーム中央で小競り合いが起きないか個人的に心配で、それが夢に反映されたらしいのです。西方《にしかた》椙山・東方《ひがしかた》淑徳の両武装集団がウエストサイド物語ばりにチャッチャッと指を鳴らし、隊をなして、椙山は美脚ダンス、淑徳はクビレダンスを見せつけながら近づいてきます。「美脚の椙山はこう、こんな感じ。君たち淑徳はクビレダンスで脚をこう、こんなふうにして歩いてくるんだ」。僕はこの夢の話を微に入り細を穿《うが》って実演付きで十五分も語ったらしいのです。「でも最後はちゃんと文学論になってましたよ」「そ、そうか。ならよかった」

自分の講義をそう風変わりだとは思わないのですが、さすがに何名もの学生に「大学の先生がＯＨＰ（オーバーヘッドプロジェクター）のレンズ下に無理やり仰向《あおむ》けに潜り込んで、大教室のスクリーンいっぱいに自分の顔を映し出す光景を私は初めて見ました。ある意味、人生勉強になります」などとレポートの余白に書かれると学生たちが僕を変人に仕立て上げるために結託してあることないことを吹聴しているのではないかと人間不信に陥ります。
僕は踊ってない。と思います。

揺らされないことの恐怖

「中日新聞」2013.8.13

待てど暮せど来ぬ人を、僕ら愛知県人は、焦慮にかられながら何十年も「待ち」続けている。

あれが、それが、彼が、揺れがやってくる。招かれざる客。彼がもうすぐ来ることだけは解《わか》っている。が、何年何月何日かは判《わか》らない。この到来の判らなさは皮肉なほど「死」に似ている。

彼が僕らに追いついてしまう日。その驚嘆、恐怖を想像しつつ、僕らは「まだ揺れない日常」をまんじりともせず生きている。同じ日々をあたかも「揺れるはずのない日常」と恃《たの》んでのうのうと過ごす者もある。ハイデガーの哲学でいう「生きていない」者たち。芸術の本義はこうした死人たちの無感覚な「揺れない日常」をいかに「揺らしてみせるか」にある。

それゆえ、例えばギリシャ悲劇などにみられる、停滞し絡み合う物語の硬直を、終盤にわかに登場する超越的な「機械じかけの神《デウス・エクス・マキナ》」に物語（法・慣習・日常）自体を断罪され無効にされる古典的な定型が、大同小異、形は変われど、平板な日常に唐突な非日常をもたらす芸術の役割として近代まで継承されてきたのである。

さて、今回「揺れる大地」と題されたあいちトリエンナーレに主調的なモチーフを提供している二十世紀の作家がサミュエル・ベケットだ。

彼の代表戯曲『ゴドーを待ちながら』では、二人の男が待っている重要人物ゴドーが芝居の幕切れまでついに登場せずに終わる。超越的な非日常の投入者が現れない本作こそ、現代芸術の不可解さの好例だ。四分三十三秒を全休符のみ、つまり無音で奏でるジョン・ケージの音楽作品同様、『ゴドー』は永劫《えいごう》の未到来、執行猶予の不安の中に人々を置き去りにする。芸術とは揺れることを忘れた紋切り型を揺らしてみせるものだという近代的な逆紋切り型さえも裏切り、揺れるべきが揺れない既知の、無為の日常へ、あたかも裏を裏返すように、観客を差し戻してしまう。

揺らされるはずの足元が揺れないという寄る辺なさこそがベケット的な問題提起であり、愛知が長年縛られてきたある意味で平穏な呪いでもある。この芸術の「逆逆説」の魔を芸術家たちがいかに咀嚼《そしゃく》し、表現するか、そこが今回の最大の見どころだろう。

真の豪遊とはなにか

「西日本新聞」2014.4.15

なにが増税前の駆け込み買いだ、オイルショックみたいに血相変えて、騒々しい、とブツブツ文句を言いながら、三月の末日、カップ麺を何十個も血相変えて買い込んできました。いや別に焦った末の駆け込みじゃないですよ、冗談じゃない、僕は駆け込まず、優雅に早春の朝、近所のスーパーの「今生最後の売り尽くしキレイさっぱり大決算持ってけ泥棒こうなりゃやけくそ炎のウルトラプレミアムミラクルアンビリーバボーセール」が始まる前に、正面入口自動ドアの最前列に立って「♪はーるの、うらぁらぁの」とハミングなどしながら無欲でたたずんでいたのです。そうしたら後ろからエコバッグを山のように携え、ナウシカのオームのように真っ赤に目を血走らせながらおばちゃんどもが群れをなし、ぎゅうぎゅうぎゅうぎゅうぎゅう押し寄せてきて、僕がさもこの強欲な金の亡者たちの最前線を頑として譲ろうとしない炎の増税前駆け込みムーンサルト四回転半ひねり買いしめ野郎の筆頭であるかのような絵柄を巧みに作ろう作ろうとしてきやがるのです。

ついに開店、自動ドアのゴム目張りに指をかけながら我先《われ》に押し入り、目当ての日清カップヌードルカレー味一個七十八円のコーナーへ殺到しましたが、なんと売り切れ御免との貼紙、広告に偽りあり、店長を出せと言いかけ、広告を再度見れば、「今生（中略）セール」はもう前日からやっていて今日が二日目の最終日とのこと、マジかー…と嘆息したのでした。で、結局もっと安い無名かつ正体不明のカップ麺をカゴ二つ分買い込んで帰ってきました。
カップヌードルカレー味を僕はもう何年食べていないだろうか……。僕の想像を絶する貧乏話はこの二四六九《にしむく》士《サムライ》の月に掲載される不定期のような定期コラムが続くかぎりお読みいただけるとは思いますが、とにかく四十四歳のいい大人が車も携帯もシャワーもベッドもない一日二食うち一食インスタントラーメンという可哀想《かわいそう》な生活をしながら日々夢みるのは贅沢《ぜいたく》の象徴、日清カップヌードルカレー味です。赤いノーマル味でも青いシーフード味でもなくカレー味。なぜかあれだけオークラ・オータニ・帝国ホテル級の、美食家どもが身悶《もだ》えする美味《うま》さなのです。

例えば、僕が赤坂迎賓館の総料理長で、その晩各国の王族・皇室の面々を賓客に迎えるとした場合、僕はオードブルもメインもアミューズもデザートも出さず、たった一皿のスープしか供しません。その作り方（一皿分レシピ）はまず日清カップヌードルカレー味一箱＝二十食を、大枚はたいて買ってきます。それを全て開封し、同時に熱湯を線まで注ぎます。三分経《た》ったら一気に長箸で二十個全ての麺のみを外へ捨て（ああ死ぬほどモッタイナイ！）、捨てられなかった四角いポテト、丸い豚挽《ひき》肉、青ねぎ、薄っぺらのニンジンと白い麺のカケラみたいなやつ少々の混じった残り汁を王様の皿に具多めに入れるのです。それを王様になった僕が銀のスプーンですくってお口の中にあああああああああああああああああ！

万年という名の人がいた

「西日本新聞」2014.6.10

以前勤めていた会社に万年《まんねん》という名字の人がいて、万年さんは係長だったので、みな万年係長って呼んでました。だってそれ以外にどう呼べばいいんですか。

それでも万年さんが主任から係長に昇進した時は、周りからおめでとうおめでとうって心から祝福されたんだろうなあ。昇進時はお祝いするものですからね。「いよっ！　万年係長！」

僕が会社を辞めた後、万年さんがどこまで昇進されたのかは存じ上げません。課長になれば万年課長、次長になれば万年次長、部長になれば万年部長、たいへん偉い役職なんですけど、部長職でも「万年部長やってろ」みたいな嫌味《いやみ》ととると、昇進して嬉《うれ》しい反面、なんとなく腹立たしい。万年副社長になったとて、ひとたび嫌味に聞こえはじめたらもう喜べない。この名字、もともと鶴は千年、亀は万年、と末永くめでたくあれよかしと寿《ことほ》ぐ気持ちで付けられたのでしょう。名字の多くは幕末か明治、庄屋だか名主だか大家だか奉行だかが名付け親になり、またたくまに量産されたものらしいですけれどもね。

次に入った会社には奥さんという青年がいました。彼宛の封書には、すべて「奥様」と書かれていました。仕方がないですよね。

王様。殿様。姫様もいます。嘘《うそ》ではありません。けっこういます。神様は現に実在して、うちの近所で細々《ほそぼそ》と鉄工所を営んでおられました。会ったことはないですが、ある会社の人事部には仏様という人もいたそうです。不始末をしても、すべてけん責で救ってくれそうな気がします。彼が大規模リストラとかをしてたら、この先何を信じていいのかわからなくなります。

ここまでは実際に僕が聞いたことがある名字。以降は「珍名辞典」などによく出てくる名前で、そこから幽霊名字と呼ばれるデマの名字を除いた、たぶん実在するであろうお名前です。

八百屋さん。ぜひ肉屋をやってほしいです。先生《さきう》。この方が教師だったらややこしいです。先生と尊名で手紙に書いても呼び捨てになりかねません。金持《かねもち》。たかられそう。美女《びじょ》。名が体《たい》を現していれば問題ないのか……。花水《はなみず》。思わずチリ紙あげたくなります。蛸《たこ》。長男が一郎で男が八人生まれたら、八人目は芸人になるしかない。泥舟《どろふね》。資産管理は任せられない。塗壁《ぬりかべ》。すべては水木マンガの弊害。南蛇井《なんじゃい》。別に何も言ってやしませんよ。

こうした名字の多くはおそらく改名によってどんどんなくなっていっているのでしょう。社会生活に支障があったら、ご本人も子も孫も困るでしょうからね。

色魔《しかま》さんが改名相談に来たという記事が弁護士のブログにありました。さもありなんです。下司《げし》。官能《かんのう》。二股《ふたまた》。浮気《うき》。助平《すけひら》。荏戸《のぞき》。二股さんがとても一途な人柄で、助平さんがとても禁欲的な方だと、僕だけは信じていますよ。がんばれ、助平さん。本名《もとな》。仮名《かりな》。珍《ちん》名《な》。名無《ななし》。「お名前は?」「仮名です」「で、本名は?」「だから仮名です」

名字って、悩ましいですね。

ぐちゃぐちゃが好き

「あじくりげ」2014.7/8

どうしてなのか、僕は。
たまに、無性に、二日目の煮詰まった味噌《みそ》煮込みうどん、あの、麺《めん》がもうぐたぐたになって、箸《はし》でつまむと耐えられず寸断されるようなやつにごはんを混ぜ、ぐっちゃぐちゃの麺入り味噌雑炊にしたのを、食べたくて食べたくて、ひとしきりもだえ苦しみます。混ぜ混ぜしたいのですよ。で、なにも考えずに、ずるずる啜《すす》り込みたいのですよ。これ、みなさん、おわかりになりますよね。

以前、たまごかけごはんの話も書きましたが、そう、ああいったやわらかい食べもの、マーボーかけごはんとか、ぐちゃぐちゃに混ぜて食べられるものが、この上なく好きです。僕という人間は。生まれ持った性《さが》として。いま思えば、父親もそうでした。大学の恩師もそうでした。ああ。ああ。だから、僕がぐちゃぐちゃ好きなのは、なかば致し方のないことだと思うのです。

一方で、噛《か》むのが難儀なほどかたい食べものが好きな人種もいるのです。ごく身近に。その最たる者は母親。そして妻。

父が亡くなって以降、僕はあの、スプーンでおもむろに口に入れる、ジュクジュクに熟した甘い富有柿《ふゆうがき》を食べる機会がなくなりました。「これ以上ゆるくは持てず熟柿《じゅくし》持つ」と山口波津女《はつじょ》の俳句にもある、あの、もろく薄い外皮の一カ所がやぶれでもしたら、どろどろに崩れてしまいそうな、熟して液状化した、ぼっとりと重たい富有柿。

僕と父は昔、いっしょに銀のスプーンをかまえ、やれやれと仕方なし顔の母が皿に載せてくるゆるゆるの熟柿の一隅を慎重に突きやぶり、結局はその口に吸いついて、中身をずるずるときれいに吸い込んでしまうのでした。ふと横を見ると、父も同じようにしていました。親子のつながりというものは、まあ、なんというか、仕方のないものです。

でも、母と妻は、カッチカチの次郎柿が好きなのです。もとよりスプーンなど歯が立たず、歯でも、歯が立たない、かもしれないようなエグい硬さのやつです。猿蟹《さるかに》合戦の序盤、悪い猿野郎が勤勉な蟹さんにぶつけてころした、カッタイカッタイ、石器のような、そうです、兇器《きょうき》のようにハードな「あの柿」です。なにを好んであんな歯茎から血が出そうな、石みたいな食べものが好きなのでしょう、うちの女どもときたらば！

僕の大学の恩師、知の怪人と呼ばれた博覧強記の評論家、種村季弘《すえひろ》は、僕に無理やり師事されてしまったせいで、仕方なくというわけでもなかったと思いますが、在学中、毎週木曜の授業終わりには、僕一人だけをしたがえ、呑《の》みにつれていってくれました。もちろんぜんぶ師のおごりで。

先生はどこの店で呑んでも、たのむのは日本酒と豆腐でした。初めて先生と呑んだとき、あれは僕がまだ十九歳、大学二年の、残暑のきびしい九月でしたが、先生が店の畳に座ってすぐ大声でたのまれたのは、冷酒と冷奴《ひややっこ》でした。透明なものと白いもの。

それが十一月となり、いよいよ秋めいて、肌寒くなったころ、先生は「そろそろ違ったものでもたのんでみようか」と、燗酒《かんざけ》と湯豆腐を注文なさるのでした。いや先生それ、結局は年中同じものじゃないですか！　とはいえません。僕はごちそうになっている身、から揚げも焼き鳥も食べたい年ごろではありましたが、教え子としては勝手な要望など僭越《せんえつ》至極、慎まねばなりません。

「だいたいな、やわらかくて、ぐちゃぐちゃしたものが好きな人間は、なんだかんだとズルズル長生きするもんなんだ」

「へえ、そんなもんでしょうか」

「そう。反対にな、かたくて、カチッとしたものが好きな人間は、強度はあるけど、その分ポキッと折れやすいから、意外に早死にするもんだ。澁澤《しぶさわ》（龍彦《たつひこ》。仏文学者。この二年前に五十九歳で亡くなっていた）も、オカキとか何か、そういう硬いものが好きだった。俺《おれ》は違う。こういう、やわらかいものが好きだ」

そうおっしゃっていた先生も十年前に七十一で亡くなりました。うちの父はその二年後に六十九で。ぐちゃぐちゃ好き長命説もあまりあてにはならないようです。ねえ、先生。

「西日本新聞」2014.9.9

18歳九州無宿旅――大分

僕がまだ十八歳の大学一年、昭和六十三年だったから、今から二十六年も前の話です。僕は学生のころ、日本は沖縄以外全国、海外は三十～四十カ国を、ほとんどお金を持たずに放浪しました。無宿の旅です。たまに風呂屋に行ったり、ユースホステルに泊まったりしました。

その夏、九州一周を企てました。国鉄がJRに変わって二年目、学割で周遊券だけ買い、出発しました。

早朝の名古屋駅から鈍行で丸一日、行けるところまで行こうと決めました。関門海峡を越え、最終電車に乗ると、大分県の中津という駅が終点でした。ですから僕は大分から、自然と右回りに旅することになりました。

しかし中津は、構内で勝手に寝るにはやや大きすぎる駅でした。それでもなんとか物陰に畳まれた寝袋を装い、屈葬の形で蚕《かいこ》のように眠ろうと頑張りました。

すると深夜の三時ごろでしたでしょうか、何か貨物がホームへ入線してきたなと思った直後、「ア、ヨイショ！　ア、ホラ！」と威勢のいい掛け声に起こされました。新聞配送の方々の漁師のような声でした。しかもそれは僕の寝ていたホームの端のほぼ目の前で、どうやらそこから配送バンで運び出す様子なのでした。

なんだか僕だけ寝ていて申し訳ないなあ、と目を擦《こす》って彼らを見ました。すると四～五人いた彼らも作業は続けながら、あれ、こんな場所で蚕みたいに寝てる奴《やつ》がいる、という目でこちらをチラチラ見てきます。新聞が包装されたビニールはまだ山のようにあります。彼らは汗だくで掛け声の息も荒くなってきました。なんというか、いたたまれなくなりました。

突如、僕は何を思ったか、彼らの中に駆け込んで、「ヨイショ、コラァ！」と荷物リレーに加わりました。なにせ作業の真っ最中ですから特段の挨拶《あいさつ》もありません。彼らも、何や知らん、寝とった野郎がふいに起き上がって新聞を受け渡し始めた、そう思ったでしょう。「アコラァ！」

僕はそのまま勢いで、彼らと一緒に配送のバンに乗り、未明の県道を走り出しました。君、なんでこの車に乗っとるんだといった面倒な会話はありません。要所要所の販売店で車が停まるや、すぐ「アコラァ！」が始まり、五カ所か六カ所で「アコラァ！」を終えたころには、東の空がしらじらと明けているのでした。

毎朝のことらしく、どこかの駅前で、親分以外は三々五々、家へ帰ってゆき、二人になると、僕は急に小心者の十八歳に戻って、おずおず無口な親分と目を合わせました。「兄ちゃん、あんた、ラーメンでも喰《く》うか」

あんな早朝でもラーメン屋が開いていて、しかもそれが死ぬほど旨《うま》い豚骨で、最初に親分が、考えなしに「生二つ《ナマ》」といったので、下戸《げこ》の僕は朝なのにへべれけになるという貴重な経験をし、まともに寝ていないのと、泥酔とで、意識をなくしたように、始発の列車で国東《くにさき》半島の方へゴトゴト揺られていったのでした。

あの時の新聞、もしかして、いま僕が書いているこれ、この西日本新聞だったんじゃなかろうか。運命とは、つくづく怖《おそ》ろしいものだなあ。

はるかなる故郷、名古屋

「週刊エコノミスト」2014.10.13

中島みゆきの名曲「ホームにて」は、地方出身者なら、みな胸を締めつけられるような、夢のごとき歌い出しで始まる。

♪ふるさとへ向かう最終に／乗れる人は急ぎなさいと／やさしいやさしい声の駅長が／街なかにさけぶ……。

東京に住んだ学生時代。寮のある茗荷谷から丸ノ内線で赤坂見附、銀座線に乗り換え渋谷まで。それが僕の持つ通学定期だった。この便利な定期で、僕は銀座にも東京駅にも御茶ノ水にも途中下車し、映画館や古本屋などへ寄って帰った。東京は僕にとって楽しくも、忙しい街だった。もう二十年以上も前の話だ。

東京駅には、もっぱら新幹線口に近い八重洲ブックセンターに行くために寄った。その際かならず、ロータリーでハザードランプを点滅させながら停車している「超特急名古屋ゆき」と表示されたJRの高速バスの運転手が、乗客を一人ずつ中へ誘導している光景に出くわす。腕時計をみると十六時の少し前。つまり十六時発のその高速バスが、今日のうちに故郷名古屋へ帰ることができる「夢のごとき」最終バスということになるのだった。

このまま辞書の入った鞄だけを携え、故郷へ帰ってしまおうか。懐には学割証明と千円札が五枚。今日は金曜で、土曜日曜は休みだ。

それは、本当につよい、つよい誘惑なのだ。

経済的余裕のない貧乏大学生にとって、名古屋は新幹線でなく、高速バスで帰る街だった。片道およそ六時間弱。途中、足柄サービスエリアで日没を見て、浜名湖サービスエリアに着く頃には夜の闇。もう東京にいる感覚は消えている。ふるさとが、近づいている。名古屋インターを降り、下路《したみち》の凹凸を座席に感じる。真っ暗闇の東山、寝静まった動物たち。千種の左折、千早《ちはや》の右折、若宮大通……名古屋駅。

僕はもうずっと名古屋にいて、東京に住まなくなってから二十年以上も経つのに、バスのカーテン越しに何度も見た、夜の車窓を思い出すだけで、今でも何かこみあげてくる。新幹線しか乗ったことのないええとこの学生さんには、この郷愁、解らんだろうなあ。

いま僕は作家をしていて、東京へは仕事でたまに出る。新幹線で出て、その日のうちに仕事を済ませ、たいてい二十二時発の最終のひかりで帰ってくる。慌ただしい。あっという間の片道一時間四十分。それが、さらに十数年後にはリニアモーターカーでわずか四十分になるという。「どこでもドア」までもう一歩だ。

ヒト・モノ・カネがストロー現象で東京に吸い取られるとか、名古屋の人は戦々恐々としているようだが、名古屋人の文化や生活や人柄が東京化するとは僕には思えない。たやすく吸い取られるようなものとはそもそも「名古屋らしくないもの」だったのだ。名古屋人の悠長さや小狡《こずる》さ、財布の堅さなどは吸い取りようがあるまい。もともと名古屋にもあった「東京的なもの」、機能的な「忙しげなもの」だけが、それの集まるべき場所東京へ、満を持して納まってゆくというのにすぎまい。

名古屋駅は変わる。でも名古屋は変わらない。名古屋人が、心地よい名古屋を手放すはずがない。経済的誘惑より、それは何倍も強いのである。

うーん、「ナゴヤめし」ねえ……

「あじくりげ」2015.1/2

僕は……そりゃナゴヤの食いもんなら、あらゆるものが好きですよ。名古屋人なんだから当り前です。名古屋人がドラゴンズ・ファンであることが当り前なようにね。

でも……、うーん、僕は中身よりも、あの「ナゴヤめし」というダサいネーミング、あからさまに観光局的な、対外的アピールのために取って付けられたような呼称が、どうにも耳に馴染《なじ》まんのですよ。歳《とし》のせいかな。

今回いただいたテーマは「なごやの味」。これなら「ナゴヤめし」のようにキャッチコピー的でなく、限定的でないから書きやすいですね。いや、そもそも、「ナゴヤめし」の中には、その味、その調理法を、いにしえの名古屋人が発明し、長年受け継いできたという「由緒」あるもの、「一流」のものは、そんなにたくさんはない気がするのです。

調理法や味ではなく、正確には「食べ方」にのみナゴヤ性がある、と僕などは思うわけです。たとえば僕は、この世でいちばん好きな料理はうなぎの蒲焼《かばや》きで、それも普通の「うな丼」の状態でかぶりつくのが好きなのです。要するに、細切《こま》れにして「まぶし」たり「ちらし」たりしたくはないのです。だから「ひつまぶし」は、僕は「ナゴヤめし」からも、もちろん「なごやの味」からも除外して考えます。だってあの食べ物は、名古屋の普通のうな丼の単なる「応用」ですもんね。

「ひつまぶし」はべつだんまったく新しい次元の「新しい味」「新料理」なのではなく、人がみな食べているうな丼を、ご飯と混ぜたいように混ぜながら、薬味のトッピングやお茶漬けで味を変えながら食べればいいがね、というくらいの、いうなれば「二次創作」、名古屋ならではの、無礼講な破れかぶれの「伝統的B級グルメ」にすぎません。

エビフライなども、方言を誇張したタモリの「えびふりゃー」という洒落《しゃれ》から来ただけで、名古屋が日本一のエビの産地とかでもなく、料理としての必然性がありません。

そうなってくると困りました。僕の大好物の味噌《みそ》煮込みうどんも、味噌カツも、既存のうどんやカツ料理を味噌あじにアレンジしたものです。どれも新料理というより、名古屋的な「食べ方」の工夫からできた食べ物なのです。天むすは三重の津が発祥といいますし、鉄板スパは要するに溶き卵を敷いたナポリタンです。

僕の高校の先輩、清水義範さんの小説『蕎麦《そば》ときしめん』の定義に従って考えると、深くうなずけます。要するに、どれもこれも、既存のものを粋《いき》に食すのでなく、極力野暮ったく喰《く》らいたい名古屋人の気質、本性が、あるとき恥じらいを捨ててそのまま「料理」として認知されたもの、それが、今も受け継がれている名古屋の食べ物なのですね。

うどんは煮込んじゃうわ、パスタはアルデンテどころかさらに熱しちゃうわ（しかもナポリタンじたいが和製の「ケチャップ・スパゲティ」です）、エビ天はおにぎりにしちゃうわ、まったく情け容赦がありません。外の人が怖くなるほど、完全に開き直っています。

まあ、いろいろ名古屋人として自虐・自己卑下してきましたが、このあたりで僕の好きな「なごやの味」ベスト5を発表しましょう。話の行きがかり上、うなぎは割愛しますね。

①味噌煮込みうどん（結局南極だわ）
②鉄板スパ（なんだかんだ言ってもよ）
③味噌カツ（ソースなんかで喰えすか）
④小倉トースト（やっぱ「つぶあん」だて）
⑤きしめん（茹《ゆ》ですぎて箸《はし》が効かんやつ）

すべてB級の元祖、野暮の骨頂ですね。でも、もう逃げも隠れもしません、これが僕ら名古屋人のアイデンティティーなのです。

名古屋人はみな思っています。他の地方のやつら、なんか格好つけとるけどよ、ほんとはもっと濃い味がええんだろう。で、それをぶっかけて混ぜ混ぜして、染み込ませて、だらだらに「やらかく（柔らかく）」して、ずるずる喰いたいんだろう。あんまし体裁ばっか気にしとったらかんよ。「ありのまま」に生きやあ。と。……でも、正直、僕はこの「喰い方」、ちょっぴり恥ずかしいんですけど。

今年の一字っていうやつ

「西日本新聞」2015.2.10

二〇〇七年でしたから、もう七、八年ほども前のことです。その年の夏に芥川賞をもらったこともあり、年末、ある新聞社からこんな電話取材を受けました。「さぞかしてんてこ舞いの一年だったでしょう。そんな諏訪さんにとっての『今年の一字』っていうと、どんな一字になりますかね。いま何人かの方に同じ質問をしているところでして」「はあ、『今年の一字』。清水寺の貫主さんが書くあの『今年の漢字』じゃなく、今年の『一字』ですか。なるほど……わかりました。じゃあ、夜までには考えてメールを送っておきます」

そういって電話を切ったものの、考えれば考えるほど、僕は困ってしまいました。だって、そもそも漢字だけでもこの世に十万文字以上は存在するっていわれているのに、単に「字」っていわれたら平仮名も片仮名もアルファベットもあって、とてもじゃないけどすんなりパッと選べるものではありません。が、まあ頭を固くして、普通の常識で考えれば、いかにもそれらしい字なら浮かびます。「愛」とか「絆」とかです。

ところが、僕という人間はこうしたいかにも意味深な「いい言葉」が（自分もたまに使いはするものの）吐き気を催すほど苦手という、相当に屈折したあまのじゃくで、とにかく、何かに呪われているとしか思えないほどの偏屈なのです。

それに、受賞した僕の小説『アサッテの人』は、あえて無意味な言葉にこだわり、この世を支配する紋切型の意味の体系を、無意味な（アサッテな）言葉で脱臼させる男の話なのです。そんな思考を小説にした僕が「愛」だの「絆」だの、選べるはずがありません。よおし、と僕はなかば自棄《やけ》になって決心しました。今日の朝刊に載っている活字のなかで、もっともサイズの大きな字にしてやろう。この偶然がダダ芸術のようなナンセンスを僕の「今年の一字」にもたらしてくれることだろう、と。

そう決めて紙面をめくっていたのですが、そこはやはりというべきか、第一面の大見出し、どんな言葉だったか忘れましたが、たしか「○○の○○、○○か」みたいな見出しでした。同じサイズの字が八文字。
○○に入っていた漢字はどれも陳腐でつまらなかったので、残るは平仮名の「の」か「か」か。「の」になりそうだな、と新聞を最後までめくり、折りたたもうとしたとき、番組欄の下に、信じられないほど巨大な太字の文字が僕の目に飛び込んできました。——「ぢ」。
何やら黒縁メガネをかけた短い白髪の老人が、患者さん(後ろ姿)の悩みを深刻そうに聞いている写真があり、横の写真では、手のひらの中のチューブから同じ手の人差指の腹に軟膏《なんこう》のようなものが押し出されています。「ヒサヤ大黒堂」……。でも、決めた以上は撤回できません。

次の週、「今年の一字」アンケートが新聞に掲載されました。大勢の人が選んだ「夢」「誠」など立派な字のなかに諏訪哲史・作家…「ぢ」と書かれていました。選んだ理由欄…「自分でも意味はよく解りません」。

18歳九州無宿旅――長崎

「西日本新聞」2015.4.13

昭和六十三年、十八歳。九州一周放浪の話の続きです。

周遊券で名古屋から中津まで一日で到達。翌日は国東半島の方へ、と確か以前そのへんまで書きました。

臼杵《うすき》の石仏を見る前に、本当は民俗学者の宮本常一が書いている姫島へ行きたかったのですが、渡航の金がなく、そのまま宮崎へ南下、青島・日南海岸から鹿児島へ入り、この間どこかの無人駅で数泊、僕のうろ覚えでは、国分あたりから当時出ていたバス（?）で大隅側から桜島を訪れました。

指宿《いぶすき》では砂風呂へ入り、危うくおばちゃんに脱水症状で殺されかけましたが、転々と駅に寝泊まりしながらどうにか熊本・佐賀へと北上し、ついに僕は幼少時からの憧れの地、長崎の土を踏んだのでありました。

平戸・長崎・雲仙（噴火より前だったのでバスでぜんぶ見て回れました）・島原と回る中で、長崎の市街を歩いていた日、クールファイブじゃないけど本当に雨が降ってきました。駅から重いリュックを背負ったまま出島からオランダ坂を上っていた頃です。舗道が雨に濡《ぬ》れて色が濃くなり、家々の庭の緑もツヤツヤして見えました。そのまま気合いで大浦天主堂もグラバー園も観《み》て、びいどろをポッピンポッピン吹きながら空を見上げると、いよいよ雲行きは怪しくなり、日没とともに辺りは暗くなりました。

雨に霞《かす》んでいても湾をめぐる長崎市街の夜景が美しかったのを憶《おぼ》えています。

さて、今夜はどこに野宿しよう。僕はそれまでの他の旅でこういう宿なし状況には慣れているつもりでしたが、雨の長崎、しかも今いるのはたぶんグラバー園裏の高台のような地区で、軒先を借りられるようなトタンもない簡素な住宅地だったのです。ふと見ると、車のいないガレージがあったので、まずはひどくなって来た雨をしのごうとそこへ入ってじっとウォークマンでさだまさし（僕の大学の先輩。もちろん長崎出身ですね）を雨音とともに聴いておったのです（何を聴いたか忘れましたが、ここは「雨やどり」ということにしましょう）。宿なしにとって民家のガレージというのは一時しのぎの軒先でしかなく、僕の経験では夜の十時ごろにはあるじの車がバックで入ってきて、僕は不審な野良猫のように追い出されることになります。

数時間後、車が帰ってきて、僕は平身低頭、「すみません、少し軒をお借りしてました」といい、雨の中を走っていきかけたのです。

すると車の主（五十歳くらいの痩せた紳士）は「ちょっと待って」と僕の背中に声をかけて留め、「宿がないのか」と訊《き》きました。うなずくと、「古い空き部屋でよければ朝まで泊まってけ。うち、昔旅館だったんだ」と言ってくれたのでした。

二十八年も前のこと。あの晩の廃旅館は今は跡形もないでしょう。ふしぎな家で、嘘《うそ》か本当か、部屋風呂の湯も出るというので蛇口を捻《ひね》ったら、確かにお湯が、入浴剤を入れたかのように真っ赤な錆《さび》とともに出てきました。

風呂から出ると僕は炭坑の男のように真っ赤な鉄の男でした。僕の青春の旅の話です。

じいじ・ばあばでよいか

「西日本新聞」2015.6.9

「じいじ」と言い、「ばあば」と言います。そう呼ぶ人たちがいます。孫や、息子、娘、婿や嫁が、おじいちゃん、おばあちゃんのことをそんなふうに呼ぶのです。いつごろからでしょうか。たぶん十年前くらいからではないかと思います。

僕には子供がいませんが、妹には二人います。妹が子を産んだとき、僕の母親は家族を集め、声高らかにこう宣言致しました。「天にも地にも、いかなることがあろうとも、私のことを〈ばあば〉などとは呼ばせない。普通におばあちゃんと呼んでもらいたい」

礼を重んじる昭和かたぎの、母らしい宣言でした。そして、これに関しては僕も拍手で賛成なのでした。

世の中には、孫にじいじと呼ばれて心から嬉しがるおじいさんも、ばあばと呼ばれて心から嬉しがるおばあさんもいます。そういう世代を超えてなにひとつわだかまりなくフレンドリーになれる今どきのご家庭の皆さんには、僕や母の持つ微妙な違和感はよくお解りになれないでしょう。

僕の違和感……なかなか言葉では表しづらいものですが、例えば、そう、もしもアニメ『サザエさん』のタラちゃんが波平に「じいじ！ ゲームやろ！」と言った時に、長年の視聴者が抱く「おや?」という妙な居心地の悪さ……この感じがいちばん近いでしょう。

もちろんタラちゃんの年齢で、あれだけ敬語を徹底して使える子供はごく稀ですが、この場合タラちゃんなら祖父の波平にたぶんこんなふうに言うでしょう。「おじいちゃん、一緒にゲームがしたいですー」と。

僕の家の話になって恐縮ですが、僕は、亡くなった父には「お父さん」、今も元気な母には「お母さん」、生前の祖父と祖母は「じいちゃん」「ばあちゃん」で、他人の前ではこれに「お」をつけていました。まあ、一般的な昭和の家族と同じです。いつか小学校のクラスの不良友達のうちに行った時、彼は祖父や祖母を「じじい!」とか「おい、ばばあ!」と呼んでいて、たいへんびっくりしたことがあります。

そして、「じいじ」「ばあば」の呼称はこれと紙一重です。紙一重なのにこれだけ普及したのは、昨今の祖父母が以前に倍して孫に弱く、尊厳を保てないこと、孫が面倒な敬語の習得をやめられること、そして、両者の間にいる「婿」や「嫁」が、「義父」や「義母」との堅苦しい敬語的関係を疎んじ、悪く言えば手懐《てなず》けるために、「じいじ」「ばあば」と与《くみ》しやすい名でキャラ化し、孫に連呼させることで、家長の尊厳をなし崩し的に放棄させてしまおうという魂胆だと想像します。

病院の看護婦さんが、老いた患者さんに「オシッコ出たねえ」「痛いけど動いたらいかんよー」などと幼児に対するように言います。悪気がないのは解りますが、やはりこれも敬老的な、面倒な気を遣《つか》わずに済ませるための「懐柔」の手段には違いありません。

「じいじ」「ばあば」。僕は嫌いです。ごっこ遊びでならいいです。でも余生の全てをあえて、負けてあげる「ごっこ」に捧げる必要もないのではないか、僕はそう思うのです。

テレビが騒々しい

「西日本新聞」2015.9.7

自分が歳をとったからかもしれませんが、最近テレビを観《み》ると騒々しさで耳鳴りや目まいがします。

音量のことではありません。テレビのあのせわしなさ、番組やCMの、秒単位で詰め込まれる情報の雑多さに、頭がくらくらするのです。こうしたテレビの伝達情報の圧縮のさまは、たぶん昭和が平成になった頃から顕著になってきたような気がします。

テレビというものはもともと、祝祭的な出来事、「非日常」を提供する性格をもちます。画面のこちらは何事もない日常で、画面の向こうのスタジオでは年がら年中イベントが繰り広げられています。それが昨今はケーブルテレビやネット番組も競合し、より派手な非日常を無理に演出して耳目を集めようというさもしい広告戦争・派手合戦の場が、テレビという視聴者獲得競争の土俵なのでは、と僕には映るのです。

昔、NHKに「新日本紀行」という番組がありました。冨田勲のテーマ曲が印象的で、山村に住む木彫師や干潟の漁師の生活など、各地に生きる民衆の横顔を邪心なく丹念に見つめる番組です。その再放送をたまたま観たとき、ああ、懐かしい時間の流れ方だな、と思いました。あれこそが昭和の時間の流れ方ですね。

CMもよかった。僕は子供だったので、CMが何かを売り込む目的があると解《わか》らずに観ていました。「♪モクセイの花咲く頃に、ふるさとへ帰りたいな」という、日生のおばちゃんが自転車で漁村とかを走るCMが好きでした。日本の季節感、情緒が豊かでした。若い皆さんは知らないでしょう。がん保険に入っていてよかったとか、入っていないと困ったことになるとか、昨今の保険のCMは偽善的かつ脅迫的な利益追求の最終型です。

ハレとケの「ケ」、ありふれた人間の日常を見つめる番組を視聴率に振り回されず多く作ってほしいです。僕の愛する小津安二郎監督に「お茶漬の味」という名作があります。妻が、見合いで一緒になった夫の面白味のなさに飽き、陰口を叩《たた》いていたのが、紆余《うよ》曲折を経て、やはり私にはこのなんという面白味も派手さもない野暮《やぼ》ったい夫が最高と思われる、と自覚する話で、まさに「お茶漬の味こそ至上」という庶民の気持ちを体現したような作品です。24時間テレビでマラソンをして視聴者に「感動を与える」という企画も疲れます。時間のなさそうな画面切り替えやTシャツの黄色にも目が疲れます。

最少人数のカメラクルーで、ことごとしさを排し、ぶらりと町で出て、あえて特筆に値しない市民の生活を傍観するような番組はないでしょうか。準備をしすぎず、食べ歩きにならず、映る人が番組に協力して不自然な笑顔で手を振るような「即興学芸会」にならないようリポーターは極力存在を消して…そういうものなら目の負担にもなりません。でもこれだとスポンサーがつかないのでしょう。

昭和の番組とCMの再放送だけを延々流し続けるチャンネルがもしあれば、有料でもぜひ観たいです。それって僕だけでしょうか。

「西日本新聞」2015.11.12

18歳九州無宿旅――福岡

飛び飛びに書いてきた九州周遊の結びは福岡です。

思えば僕が旅した一九八八年の夏は、桜島も阿蘇も常と変わらぬ平穏さで、九〇年に火砕流の被害があった雲仙さえまだ何の警戒もいらず、長崎を発《た》ったバスに揺られ、硫黄のけぶる谷で茹《ゆ》で卵を食べ、そのまま島原まで行けました。ああ、大九州。

しかし、右回りの周遊のうち、長崎でゆっくりしすぎたため、最後に残しておいた佐賀と福岡がやや駆け足の日程になってしまったのは不覚でした。僕は急いで列車で東へ、そして念願の福岡へ入りました。

二十七年前の福岡が、今でも僕の中の福岡の姿です。昔はまだドームも、強すぎる球団もありませんでした。博多市街で歩き疲れて、その後に太宰府へ参り、西鉄のどこかの小さな駅の、番線を跨《また》ぐ構内歩道橋の上で寝袋を敷いて寝ました。

深夜には点検車両が唸《うな》り声を上げ、みっちりレールを点検しながら橋の下を通ってゆきました。それでも疲れのせいで深く寝られました。……夜が明けたら、僕は列車で田川から小倉《こくら》へゆくんだ、あの織江の唄《うた》のように。ああ、遠賀《おんが》川、土手の向こうにボタ山の、三つ並んで見えとらす……。

高校時代、五木寛之の長編『青春の門』を読みました。濃い土の匂《にお》いが立ち昇るような筑豊篇の世界に魅せられました。

そこから生まれた五木さんの歌詞と山崎ハコさんのメロディー。そこには哀切な短調の、九州の子守唄を思わせる、揺籃期《ようらんき》の郷愁がありました。

朝、眠たげな顔でホームを掃く駅員にも怪しまれずに、気の早い一番客のような顔で僕は空を眺めて、最初の列車で旅立ちました。

博多から篠栗線、後藤寺線へと列車で移動しながらも、僕は目を皿のようにして遠賀川やボタ山を見ようと必死でした。田川後藤寺で日田彦山線に乗り換えながら、意を決して客のおばさんに、「すみません、遠賀川はどのあたりで見られますか」と訊《き》きました。すると「もう越えてきたよ」とおばさんは言いました。「えっ、香春岳《かわら》も?」「それなら目の前に見えちょうに」。おばさんがそういうとすぐ、香春駅に着きました。これか…と僕は思いました。頂を削り取られた一ノ岳。向こうが二ノ岳、三ノ岳。

「ここは眺めっとには近すぎるき。でも今どき珍しかねえ。昔は映画も流行《はや》って、遠くから見に来よったが」

「そうですか……」

まだ小倉がある、と僕は思いました。母を亡くした織江は、原作では確か札幌のすすき野に流れてゆくのですが、「織江の唄」では、「明日は小倉の夜の蝶《ちょう》」へと身を売る宿命《さだめ》が暗示されます。幼馴染《おさななじ》みの信介《しんすけ》を慕い、田川から出てきた織江の痛切な心情が、あの歌の中に織り込まれています。

僕が小倉に着いたのはその日の深夜でした。歓楽街に行く金はなし、小倉駅で寝ていたら、ゲイのおじさん二人にしつこくサウナに誘われ、胸や足をまさぐられ、僕は少しだけ夜の蝶の哀《かな》しさを追体験しました。

若かりし僕の九州一周無宿旅。あの門をくぐる日がいつかまた来るでしょう。

苦手な食材がないかなしみ

「あじくりげ」2015.12

僕ね、お恥ずかしいことにね、苦手な食べ物というのがね、そのね、ないんですよ。

苦手な食べ物がないというのは、皆さん、たいへんけっこうなことだーと表向きはおっしゃいますが、今日び、苦手なものの一つ二つは持って、「あの……わたくし、実は幼い頃から○○が苦手ですの……」と困り顔をしてみせるほうが、「ああ、この人は、ええとこのうちで蝶《ちょう》よ花よと甘やかされて育ったお嬢かボンボンの類《たぐい》に相違ない、いやー、羨《うらや》ましいねえ」と妙に丁重に扱われたりして、下流家庭出身の僕など、あんまり威勢よく、「ほないなこと気にしなはんな、わし、なあんでも食えまっせ！」と宣言することが、自らの雑食性、ひいては憐《あわ》れな出自をおおやけにカミングアウトするみたいで恥ずかしいのですね。

いや、そもそもがね、苦手ってのがどの程度に苦手かってことですよ。それを口に入れた瞬間に、口内粘膜や唾液《だえき》との生理反応のショックで泡を吹いて悶絶《もんぜつ》死するようなものが苦手ということの真の意味でしょう。「今日は気分的に口にいたしたくありませんわ……」というレベルを「苦手」などと吹聴する輩《やから》は、僕に言わせれば、戦時下や大災害時の混乱のなか、絶望のあまり真っ先に死んでゆくだろう弱っちい白アスパラガスのような、こらえ性のない、やわな連中なわけです。

苦手な食材のまったくない僕からするとですね、大の大人が「苦手」とまでレッテルを貼《は》る食材とは、食えば死に至るほど危険なアレルギー食品に限られるべきだと思いますね。例えばね、仮にですよ、料亭の女将《おかみ》から、「本日のコースには前菜にグリーンピースが使用されておりますが、もしお口に合わないということでしたらお残し下さってけっこうです。ただしその場合、モッタイナイ税を、お一人様につき五万円ずつ頂戴《ちょうだい》いたします」と、一般庶民が言われたときに、なお、「何ですって！　グリーンピース！　そんなものを食べたらあたくし両目両耳からピューって血を吹きだして死んでしまいますわ！　五万円など死ぬことに比べれば安いもの。お願いですから残させて下さい」と（いいですか、庶民のお母さんがですよ！）言えるかどうか、それで見定めるべきだと思うのです。「何ですって、五万！　そんな大金を払うくらいなら、わかりましたよ、食べますよ。食べればいいんでしょ！」という程度であれば、それは本当に苦手などとはいえない、黙って食えや、と思うのですね。

まあ、これは一般庶民の価値観からですが、一部のせれぶりちーの方々なら累進課税で、モッタイナイ税はざっと五十万ってとこでしょう。それを食べ残すのに五十万払っても仕方のない食材。「苦手」というものがそのくらいとてつもない災厄であり、無理な食材のことを指すのでなければ、『火垂《ほた》るの墓』のあのかわいそうな兄妹や、アフリカの飢餓難民の子供たちに対して、贅沢《ぜいたく》な現代の僕たちはどう顔向けができるというのでしょうか。

まあまあまあ、諏訪さん、よう解《わか》った、そんならこうしよまい、諏訪さんがその料亭で残さず食べてもう満腹という時に、女将が「よろしかったら無料で○○をお出しできますが、いかがなさいます」といわれたその○○に入る食べ物で、無料でももう結構、もうご勘弁、というもののベストというかワースト3を言うてみい。と、まあ例えばこう切り返されたとしましょう。まあまあ、そういうことであれば、僕は出された物を残して捨てさせるのでなく、出される前にご遠慮するのですから誰に気兼ねも要らないわけですね。

それならあります、ありますよ！（あるなら早く言えよ、などと言わないで下さい。僕というのは元来、こういう面倒くさい人間であり作家なのですから！）

数の子がダメですね。もうダメ。どこがうまいの、あんなの。苦くてブッブツしてて。気色わるー。あとね、おはぎ。餡《あん》ころ餅《もち》なら大好きですよ。でもさー、おはぎは餅じゃなくてまだご飯粒じゃないの！　あんたら何か、じゃ、ドンブリご飯にアンコかけて箸《はし》でガツガツ掻《か》き込めるんか！　ほんとにあんなもんがようぅまいうまいって食べられるね。

究極の苦手はあれやね、菜の花のおひたし。子供の頃、よう食わされてね。ほうれん草みたいにはすぐ嚙《か》めん。呑《の》み込めず、うじうじ箸で右へ左へ突っついとったら叱《しか》られて泣いてね。だって茎が硬いんだもん。あれ食うぐらいなら五万円払うわ。

四股名《しこな》の付け方

「西日本新聞」2016.2.11

福岡県出身力士の琴奨菊が優勝しましたね。昨年のホークス連覇といい、どうも福岡ばかり景気のいい風が吹いているような気がしてならないのは、名古屋の作家のひがみでしょうか。

琴奨菊は佐渡ケ嶽部屋に所属する関取ですから、先輩の琴風や琴欧州と同様、四股名《しこな》に「琴」の字を頂いています。四股名というのは、大方は所属部屋によって、受け継ぐ字というものが自然と決まってきます。高砂部屋の「朝」とか片男波《かたおなみ》部屋の「玉」、春日野部屋の「栃」などが有名です。

じゃあ、もし僕が相撲取りになっても四股名を勝手に選べないのか。例えばうちの電話番号を「一一一、一一一の一一一一」にしたいと思っても、何町にお住まいですから頭の六桁はこうで、後は下四桁を三つの候補からお選び下さいといわれるのと同じ要領ですね。

でも、最近の取組表などを観《み》ていると、部屋ごとの名の制約がさほどはない、若い力士の四股名に、ある流行《はや》りがある気がします。それは「勢《いきおい》」や「輝《かがやき》」など、一文字の四股名です。

一昔前には横綱の「曙《あけぼの》」がいましたが、一文字の四股名というのは簡潔で収まりがよいのでしょう。調べてみると過去にも大勢あったようで、「轟《とどろき》」「隼《はやぶさ》」「橘《たちばな》」「鳳《おおとり》」「明《あきらか》」「壽《ことぶき》」「源《みなもと》」「暁《あかつき》」などが見つかります。これらは不思議と漢字一文字に読み仮名が四文字です。

現在の力士で漢字一文字は、「勢」と「輝」の他、「彩《いろどり》」「魁《さきがけ》」「頂《いただき》」がおり、仮名が二文字や三文字の力士も「芝《しば》」「榮《さかえ》」「葵《あおい》」「鋼《はがね》」「櫻《さくら》」「圷《あくつ》」と大勢います。

けれども、この流行はいつまでも続くでしょうか。これから四股名をもらうまたは選ぶ力士に「漢字一文字で読み仮名四文字」の字はあとどのくらい残されているのか。

あるにはありますが、そこは余《あま》り物、どうも力士に向きません。「丼《どんぶり》」「蛞《なめくじ》」「獣《けだもの》」「屍《しかばね》」。いやですよね。呼び出しなども、「ひがあーしー、どんーぶりー」って。

語意の良くない文字は当然敬遠されましょうが、良すぎるのも困りものです。「勢」や「輝」もよほどの覚悟がいったでしょう。負け越せば、勢いがねえとか輝きゃしねえとか言われます。「勢」と同じ伊勢ノ海部屋の「頂」など、よく付けたもんだなあと感心してしまいます。だって「頂点」ですよ。名でなく実を目指すべき若手力士に、あまりにも高いハードルではないかなと。もし頂をとれなかったらどうする気だろう。

でも、四股名を親方や自分が自由に付けられる部屋は、やはり面白いですね。僕が親方なら、髷《まげ》を結えるようになった若手に、こんなふうに付けてやるでしょう。「全勝山」「大横綱」「百連覇」。こうしてプレッシャーを与えておけば、負ける気遣いはありません。相手を威圧する四股名でもいいですね。四股名で戦意を喪失させる。「相撲神」とか「理事長」。洒落《しゃれ》で「津代杉手」とか。でもこの中でいちばん強いのは、やっぱ「理事長」だろうなあ。

戦没しなかった者たちの投票

「西日本新聞」2016.4.14

（連載・西向くサムライ）最終回にあたり、今の日本に生きる作家のはしくれとして、どうしても書いておきたいことがあります。

それは、この平和な日本を再びかつてのような「戦争のできる国」にしてはならない、ということです。

日本が軍国だった時代、僕らの先人たちは外地へ出かけて他国を侵略し、たくさんの人々を殺しました。そして僕らの先人たちもたくさん殺されたのです。

二十世紀前半の日本の「負の歴史」は、ドイツなどとともに、世界中の人たちが知っています。未《いま》だに人類のトラウマです。なかったことにはできません。人を殺すだけ殺し、殺されるだけ殺されて敗戦した日本は、もう未来永劫《えいごう》、二度と戦争などしません、という誓いを、憲法の大きな柱にすることで、国際社会へ深い反省の気持ちを表しました。

アウシュヴィッツも南京も七三一部隊も、広島・長崎も、理性のクサビになるはずの「法」が人間の悪を止めきれなかった、報復だろうと聖戦だろうと、「人が人を殺す」という、言い訳のできない「悪」をこの世に生み出してしまった、そういう無念、慚愧《ざんき》の記憶を、全世界が共通の痛みとして心に刻み合ったのです。

このような切実なる思いを踏まえて宣せられた僕らの現日本国憲法、とりわけその核心である第九条を、集団で「自衛戦争」するとき邪魔になる、という理由で書き換えようとする勢力が出てきてしまいました。

僕の考えでは、憲法というのは人に悪を犯させない絶対的なクサビとなる究極の道徳律であり、戦後日本に生きる人々の生き様《ざま》、戦争の罪だけは二度と繰り返さないぞという礎石です。

この礎石、七十年の平和を日本にもたらした、世界に誇るべき日本国憲法第九条という「初心」を、もう古い初心だから書き換えようぜ、日本も戦争ぐらいできる国だとPRしないとナメられるぞなどと、幼稚な虚栄心を膨らませて改憲を唱える無知がはびこっています。改憲論者の票にはもれなく優先的兵役義務を付加せねばおかしいと思います。

日本は強国だからもっと威張っていいとでも思っているのでしょうか。とすれば今の中国と同様、日本も勘違いしたお山の大将にすぎないではありませんか。

この夏、日本の運命を左右するとてつもなく大事な選挙があります。初心を書き換えるのか、あくまで貫くのか。憲法とは、現状に合うとか合わないとか以前に、僕らがあの過去の大罪を省《かえり》み、これからの未来をいかなる信念で生きてゆくのか、日本人としての生き様の宣誓なのです。僕は現行の宣誓を初心とし、現実との齟齬《そご》があっても、そこに常に帰ろうと思います。

投票という意見集約の制度の欠点は、戦争や災害で命を奪われた死者の無念が一票として反映されない点にあります。喉元過ぎて調子づいた、無被災の生者の票の三分の二（国民投票では半数以上）という改憲条件は、生者死者を併呑《へいどん》した日本人の総意という観点では、甚だしい不公平だと思われます。生きている僕らが、死者や生まれ来る子供らのため、初心を護《まも》る責任がある、そう強く思います。

III

うたかたの日々

空想のくちづけ

「毎日夫人」2014.1

先の十月に四十四歳になった。日々の泡を、ぷかりぷかり思慮もなく生滅させていたら、四十四年も経《た》っていた。若い頃は泡風呂のように惜しみなく日々を費やした。小学校でも中学校でも、高校でも大学でも、僕は本ばかり読んで、ろくに恋もしないで過ごしてしまった。

僕の日常は読むことに六時間、書くことに六時間、あとは映画、音楽、食事、睡眠。そんな日々の繰り返し。消えては結ぶ、まさに淀《よど》みの中のうたかたのようにはかない日々。筆が遅く、小説やエッセーは風変わりなので、ベストセラーなどとは無縁だ。車も携帯電話も持たず、ペットもベッドもなく（タタミに布団）、床が抜けそうなほどの本と、同い年の妻だけを持ち、2DKのアパートにもう十八年も住んでいる。隣人たちも僕が一日中部屋にこもって小説を書いているとは知らない。

そうだ。恋の話をしかけていたのだった。

僕やその上の世代では恋にかかずらって生きてきたなんて方が少ないだろう。みな仕事や子育てなど、無我夢中に二十代三十代を過ごしてしまったのじゃないか。僕は今、恋愛小説を書いているのに、肝心の恋する気持ちがどんなだったか、おぼろになってしまった。だから会う人会う人の顔を見るにつけ、彼女が恋人だったら、と勝手に想像してみる。

川端康成の「眠れる美女」に、ある夫人のささやかな空想遊戯の話が出てくる。「夜眠る前に目をつぶって、接吻《せっぷん》してもいやでないと思える男の人を数えてみる」と。「楽しいわ。十人より少なくなると、さびしいわ。」

これは俳優など有名人を除いた、よく見知った身近な男の中で、ということだろう。「接吻してもいやでない」人数では多すぎるから。戯れに、自分で「してみたい」という。「いやでない」というところが女性だ。男なら「接吻してみたい」を数えてみたら、五人。意外と少ない。でも彼女と「してみる」空想だけで十分楽しい。できないから楽しいのだ。普段は考えもせず、現実の日常にはありえない図が、僕のうたかたを彩ってくれる。

2014.2

卒業証書は領収書?

週のうち火曜日だけ、僕は大学で文学を教えている。かっこよくいえば「言語芸術論」といった内容の講義だ。講義の後、ゼミで学生と文学の話をして帰る。その他の六日間はただひたすら、読むと書くのうたかたの日々。

身びいきでなく、僕のゼミの学生はよく学ぶ。僕がかつて本ばかり読む学生だったことを彼らは知っていて、真似《まね》してくれるのだ。

講義ではそうはいかない。僕は恩師だった種村季弘《すえひろ》先生の授業のやり方を踏襲していて、出席をいっさいとらず、レポートだけで単位を出す。だからさぼろうと思えば全欠席もできる。それでいい。大学は義務教育のように学問をねじ込む場所ではないし、拝んでまで、やる気のない子に勉強してもらうことはない。

僕の学生時代にも学ぶ気のない者はいた。大学に行かずバイトばかりして、それで遊ぶ。バイト代を学費にあてる一見苦学生のような学生もいたが、彼はバイトのために大学をさぼり、ただ「大学生」という居心地のいい肩書だけを買っていたのだと後からわかった。

学問をしないのに学生でいたい者とは、言ってみれば、コンビニで買ったいろいろな商品をレジ袋ごとそこに置き去りにして、ただ金は払いましたというペラペラの「レシート」だけを欲しがる者だ。そのレシートが彼を「コンビニ（大学）で買い物をした人」にし、学生にしてくれる。コンビニの側とて金は払っているのだから商品を置いていかれてもさほど文句はない。「お忘れ物ですよ」程度のことは言ったにしても、「物は要らん」と言う客の背に無理やり商品を縛りつけたりまではしない。彼らはサボることで自分が大学を痛快に愚弄《ぐろう》していると思っているが、実はあべこべで大学から喰《く》い物にされていることに気づかない。

四年後、厚紙の領収書、つまり卒業証書をもらって出てゆく。数百万円の厚紙だ。本物の学問が欲しい学生と、領収書が欲しい学生。それは、本物の小説が書きたい若者と、作家の肩書が欲しい若者、というのにも似ている。

僕は本が欲しかった

2014.4

本が欲しかった。中学二年生だった。今からざっと三十年ほど前の、ささやかな記憶だ。欲しかったのは文庫本だった。地元の小さな本屋にもおいてある小さな本たち。同じ大きさで、出版社ごと作家ごとに背表紙の色が分かれていて、中学生でも無理をすれば買え、本棚の奥、参考書類の後ろなどに隠しやすい。

単行本なら、いつも図書館から借りて読めた。でもそれは返さなければならないものだ。その点、文庫本はいちど買ってしまえば永久に自分のもの。カバーも、そこに描かれた画《え》も、紙の触り心地も、活字の匂いもすべて、名古屋という地方都市に住む名もなき少年が「所有」できるものだった。僕は、母が弁当を作れない日、代わりにパンを買えと渡す五百円玉を使わずに、文庫本を一冊買った。本の価値を、僕は現実の飢渇で覚えたのだった。

大学に入り、バイトで手にした金で僕は文庫本の「大人買い」を覚えた。岩波文庫を一度に十冊。狂喜乱舞してむさぼり読んだ。

社会人になり、給料で、自由に文庫も単行本も古書も画集も見境なく買いまくった。古書の味を覚えて以降は、一年に百万円以上を散財することも珍しくなくなった。そして、それがだんだん普通になり、そのうちに僕自身が作家になって、本を「書く」側になった。

かつて、あの中学生時代、書店の文庫の棚の背表紙群に、自分の鼻息がかかるほど顔を近づけ、舐《な》めるように本を物色して、たとえ欲しかった本を見つけても、その場ですぐには買えなかった青臭い渇望の記憶。僕は最近、あんなふうに文庫の棚にかじりつくことはなくなった。新刊案内も毎月送られてくる。書店に行けば、それは当然のようにそこにある。新刊以外はすべて、とうに存在を知っている馴染《なじ》みの既刊本たちの、普段どおりのすまし顔。買って帰れば、家で待つ未読の本に悪い。

本の虫だった少年は文学青年になり、大人の愛書家になった。あの渇望、空腹の記憶を、僕はもう二度と、取り戻せないのだろうか。

恐るべき少年たち

2014.5

五年も前から注目していたフィギュアスケートの羽生結弦《はにゅうゆずる》が金メダルを獲《と》った。十九歳だ。かつてまだ中学生だった彼をテレビで見て、その身体の伸びやかさ・細さに言葉を失った。加えて宮城県出身。僕は幼少時を長く仙台で過ごしたので、自然と彼に親近感がわいた。

少し前だと、野球の斎藤佑樹やゴルフの石川遼などがそうだった。彼らは幼い顔つきと表情を持ちながら、恐ろしく大人びた「よくできた」受け答えをする。失言もしないし、少しはにかんだりする。ときに笑顔をはじけさせ、ミネラルウオーターのような透明な汗を流し、頬を上気させて頭をかく。男の僕でも「こわい」と思うほど魅力的だ。なかでも羽生結弦は群を抜いている。首が細い。色が白い。中性的だが決して女性的ではない。そして少年特有の「幼さ」をいまだに失っていない。微妙なさじ加減ではあるが、「男」になりすぎていないのである。それが彼の特長だ。

僕の小説『ロンバルディア遠景』の主人公、詩人の月原篤《つくはらあつし》は絶世の美少年で、今の羽生結弦と同じ十代後半だ。アルチュール・ランボーをイメージして書いたこともあり、この少年は世界を放浪し、いずこかへ去る。とりわけ十九歳はティーンネイジ最後の歳《とし》、向こう見ずな、危険を怖れない「少年」としての最後の歳であり、来たるべき「成年＝青年」の強靭《きょうじん》さ・行動力をも持った歳だ。僕の主人公も羽生結弦も、世界へ歩み去ることで「少年」を卒業してゆく。

ギリシャ神話の酒と陶酔の神ディオニュソスは襤褸《ぼろ》をまとった美少年の姿で、女しかいない昼の村へ現れ、その魅力で村中の女を山上での性的儀式（サバト）の場へ導いてゆく。

少年とは何歳をさすかは各人によって定義が異なるけれど、僕自身は単純に十歳未満が幼年、十歳以上二十歳未満が少年、それ以上が成年だと思う。僕は少年のうちでは十七歳と十九歳が好きなのだが、女性の中には十二歳か十四歳が至上という人が多い。どちらでもいい気もするが、やれやれ、悩ましいことである。

2014.7

ニートになりたい子供

「先生、大学を出たらニートになります」。そういう子供が年々増えてきた。子供ではなく、もう大人なのだが、僕には子供にみえる。

「うちが資産家なのか。いつか金も保護者もなくなったらどうする」と質《ただ》すと、笑顔で

「親が死んだら、私も死にます」と答える。

笑えない。怖い。世間知らずの彼らの常軌を逸した楽観が怖い。親の死後、現実の飢渇に直面し、いざ死のうとして死ねず、苦しんだ揚げ句、この世界が悪いのだ、他人が悪いのだ、俺の苦悩を理解せぬ人間どもが悪いのだ、この苦しみを味わわせてやる、思い知るがいい、そして歩行者天国へトラックで突っ込む。情けないが、ありえる話だ。

学生は何百人もいて伝えきれないが、僕のゼミに入ってくる数人の教え子には「絶対就職しろ」と命じている。かつて僕自身も恩師から厳命された。いつだったか、「先生、僕は就職せず、詩人になります」と言った時、師にぶっとばされそうになった。師は東大を出たのに就職できないほどの終戦後の氷河期を生きた人で、その師の言葉は重かった。僕は就職した。就職して初めて解《わか》る現実感覚というものがある。それなくして小説は書けない。頭で、液晶上で、いくら書いてもダメなのだ。今は亡き恩師に、僕は感謝してもしきれない。

就活は一応したと自分であらかじめキリを設ける子もいる。出版会社の編集者のような素人の夢みがちな仕事、そんな狭き門を一、二社受けて予想通り落ち、やることはやったとニートになる。僕は契約でも派遣でも肉体労働でも、社会保険のある仕事なら何でも受けろという。就職とはそういうものだ。

英国人の誇りは「自分の金で生きた」というもので、自分の生の総費用を自分の労働で生み出して、親からも借りがなくなり、生涯収支が赤字でなくなった時、真に恥ずかしくない生を生きたと言う。J・ジョイスの小説「ユリシーズ」に出てくる言葉だ。専業主婦なら配偶者の収入の半分を家事育児の労働で稼いだとみなせばいい。労働とは誇りだ。自ら誇りを敬遠する子供たちの消極さと臆病を憂える。

再び人殺しの国に

2014.9

一人を殺せば殺人者だが百万人を殺せば英雄だ――チャプリンが「殺人狂時代」で述べる台詞《せりふ》。防御や報復や聖戦など、いかなる理由があろうと人を殺した者は人殺しで、殺した国は人殺しの国だ。死刑執行者も人殺しであり、善人が「やむを得ず」殺人を犯しても人殺しであり悪には変わりない。やむを得ぬ殺人や仕方のない戦争など、言葉のごまかしにすぎない。殺人に善はありえず、殺せばそれは悪である。

かつて人殺しの国であった日本はこれを猛省し、「永久に殺さない国」を作った。人類史上最高の平和への宣誓憲法、これを頑《かたく》なに墨守することで、他国から怨《うら》みを買わず、テロの標的にもならない国を僕らは作ってきた。

「殺さなかった時間」の実績を、先人たちが凄《すさ》まじい忍耐と覚悟で、あたかも鍾乳石を作る雫《しずく》のようにひたむきに、今日まで積み上げてきた。それを現代の無能者が反故《ほご》にして、「他国と同様、日本も殺すんだってところを示そう。周囲を黙らせるために機会があれば一発お見舞いしろ。日本は本気で戦争をするんだってところを見せておくんだ」と主張し始めた。幼稚な虚勢意識。シンナーを吸う不良中学生にも劣る恥ずかしい誇大妄想である。

集団的自衛権に賛成する者は、自分と自分の家族を「反対者よりも先に」戦地へ赴かせられるはずだ。しかし現実は、自分や家族の代わりに他の国民、つまり国費で雇われた自衛隊員たちが賛成者である自分より前に殺し合いに行ってくれる、無責任者らはそう思っている。好戦的な賛成者どもは「自分と家族の命を国民の代わりに戦地へ差し出します」と一筆誓書せよ。卑怯《ひきょう》者にはそれができまい。

右の頬を打たれても左の頬を差し出す気概があるからどちらの頬も打たせずにきたのが戦後の日本の生き様、鬼気迫る精神力なのだ。

積極的平和主義？　平和のための海外での武力行使？　それが今より平和を損なうことだとなぜ解《わか》らないのか。好戦論者によって損なわれるのは僕ら戦争反対者の平和なのだ。

2014.10

化かされ役でいいですか？

缶ビールや缶コーヒーを傾け、うまそうにグビグビ、プハーッ、クゥ〜。そういうCM。注意して見ていれば誰にでもわかる。その缶は空で、最初から何も入っていない。コンピューターグラフィックスで画面合成された「生き生きした動物」と、笑顔で会話するCMのタレント。でも実際には、収録中の彼女の傍らにそんな動物はいやしない。

その他、寝顔なのに化粧しているCM、洗顔フォームの泡でなぜか頬だけを丸く撫《な》で、顔一面に伸ばさず化粧した口元に笑みを浮かべるCMなど、これはもしかしたら僕だけのことなのかもしれないが、どうやっても釈然としないのだ。

馬鹿にされている。舐《な》められている。どうせCMなんだからご愛嬌《あいきょう》、ここはひとつ化かされておいて下さいよ、今までだって化かされていてくれたんだから、これからもそれをアテにして作らせて下さいよ、そういわれている。小説や演劇のようなフィクションなら、フィクションとして認識し、化かされてあげられるのだけど、こと話が商品の宣伝広告、コマーシャルになると、僕はどうにも気持ちが悪い。こういう感じって、僕だけだろうか。

広告は、現実の商品を販売促進するための紹介なのだから、看板に偽りは許されない。それゆえCMに出てくるタブレットの画面がきれいすぎれば「画像はハメコミです」と注がされるし、旅行パックの旅先写真には「写真はイメージです」とコメントがうたれる。

そもそもテレビで歌う歌手の口パクにも騙《だま》されている感がある。大勢で歌うか、両手でマイクを持ち口元を隠すときはたいていい録音された声だ。ステージ上ではただ歌っているように動く。それが当世風《うそ》パフォーマンス。それが「アーティスト」。

視聴者にとって快いなら嘘でもよい、騙されてもよい、そういう人が現代には多くいる。いやだ。僕はそんなのはいやだ。馬鹿にされる役を一方的に強いられながら「快く引き受けてやる」のはいやだ。「消費者は素直に鈍感でいればいいんですよ」は絶対にいやなのだ。そういう感じ、ありませんか?

傷心合戦と配慮要求

2014.11

僕のゼミ生は大学三・四年生で、みな成人だ。でも驚くほど幼い。まるで思春期の子供のようなナイーヴさだ。アニメやゲームやお絵かきやコスプレを好み、仲間とウェブ上へ画像を持ち寄って、ひたすら褒め合っている。「傷つけ合わない同盟」だ。

彼らを教えるのは実に難しい。論文や実作などを課す際、僕が彼らに与えるのは、①事前の助言、②嘘のない講評、③成果への賛辞、この三つだ。①は惜しみなく与え、③は出来に応じて振る舞う。悩ましいのは②、つまり「ここはよくない」と指摘する段階だ。習作になら当然散見される欠点に触れず、適当に褒め流す怠惰は、学生への不義理でしかない。拙《つたな》い作品のどこが拙いか、どう直すべきかを教えねばならない。怖いのはこの時だ。どれほど慎重な物言いをしても、幼い必死の作者たちは、僕の講評を聞くなり、「私の人間性への全的な否定」と取り、かつ「私のような人間はこの世に生きる価値なんかないんだ」と極論し、ことさらに「ひどい、あんまりだ」と歎き、絶望しようとする。

弱く純粋な子ほど、「批評」を「否定」としか捉えない。彼らには「称賛」だけが「肯定」なのだ。無暗《むやみ》に褒められてきた子供たち。素晴らしい、天才、といわれなければショックを受け、さらに「ここはよくない」といわれ驚く。彼らはこれを「怒られた」という。僕は怒ってなどいない。作品を離れた所では彼らを愛し肯定しているのに、僕の本音の指摘は「怒り」や「人格否定」と解釈され、ある種の悪意とみなされてしまう。

彼らの極論に従うなら、教えるは傷つけると同意になる。実はそれは一面の真理だ。なぜなら、この世で生きてゆくことそれ自体が、人と人とのたえまない傷つけ合いなのだから。子も親も教員も「分け隔てなく傷つけ合って」生きている。それを三者とも自分が一番つらいと思いたがる。一番弱く傷つく者が一番配慮され、気遣われると判っているからだ。「傷心合戦」は子供に分がある。「子供より親が大事、と思いたい」(「桜桃」)と書いた太宰治は、子供の座をみなが争う幼稚な社会の到来を見抜いていたのである。

2014.12

死刑という「殺人」

(毎日夫人)9月号「再び人殺しの国に」は大きな反響があった。「いかなる理由があろうと人を殺すことは悪である」という普遍の律が、日本でも未《いま》だ律であり続けていることに僕は安堵《あんど》した。ただ、死刑さえも「殺人」であり「悪」だとする僕の考えには肯《うなず》けないという声もあった。

家族が殺されたら僕も「悪」となり復讐《ふくしゅう》するだろう。しかし国が僕から殺人を取り上げ、刑吏が代行する。この時、殺意を委ねられた国も刑吏も意志して「悪」になる。

だがこれを、やむをえぬ、正義の殺人、善の殺人とみる風潮がある。この人倫の隙間《すきま》から、実は戦争も悪も蔓延《はびこ》りだす。本当の悪に限って、賢く「善」の仮面をかぶっているものだ。

戦後ナチスが裁かれた際、罪人らはみな「殺す気はなかった」「命令だった」「私は家庭のある善人だ」と言った。これでは死んだヒトラー以外全員が無実になる。このとき依拠されたのが、表われた事実のみを厳密に見、なした行為こそがその者の正体だとする、実存的な思想の趨勢《すうせい》である。

「本当は善い人」が人を殺した。彼は善か悪か？　本質でなく行為を絶対視する実存ではこれは悪。行為の全ては彼が意志してなしたとみなすのだ。でなければ戦争に悪はないことになってしまう。

兵士だった僕の祖父が仮に戦地で人を殺していたら、祖父はその悪を罰せられなければならない。「善の殺人」などありえないからだ。殺人は善だと言い繕う者は自己都合の「大義」や「聖域」を欲する。そこに戦争も悪も安住できるのだ。

僕も復讐を国に委託するかもしれない以上、死刑を必要悪と呼びたい人情は解《わか》らなくもない。でも僕が言いたいのは、必要悪も悪であり、死刑も殺人だと皆で自覚すべしということだ。冤罪《えんざい》がないと言い切れず、国の理性が常に正しいとも限らぬ中、死刑が悪を免れていることが危険だ。スターリンやポル・ポトの大量粛正もあくまで「善の殺人」として行われた。

むろん戦争や死刑の廃絶は難しい。だが「殺人は悪」と反芻《はんすう》する皆の自覚こそ自己都合の「善き殺人」を抑止する番人となるのである。

遠い路地への旅

2015.2

仙台に暮らした小学時代、父は僕ら家族を毎週末、車で遠方の町へ連れて行った。それらの土地は僕に鮮烈な印象を与えた。僕の前には未知の本の世界（内への思索）の他に、未知の旅の世界（外への見聞）が果てなく伸び広がっていた。僕は世界を読み尽くし、旅し尽くすことを、幼い心にひそかに誓った。

が、本は無限に、道は無限にあった。内面への旅（読書）のあまりの果てなさに絶望し始めた高校時代、僕は外界への旅（放浪）を始めた。名古屋から奈良へ万葉集を携えて何度も一人で旅行した。大学に入ると周遊券などで全国各県へ無宿・野宿の旅をした。日本国内を踏破しながら、同時にバイト代で外国へも行き始めた。安宿、野宿、車内泊。こうして僕はこの歳までに五十カ国以上の国々を放浪してきた。

最近は徒《いたずら》に国の数を増やしていくことをやめ、六回続けてフランスの各地方をじっくり回っている。フランス語の道路は三種ある。大通りがBoulevard《ブールヴァール》、普通の通りがAvenue《アヴェニュ》、小路や裏路地がRue《リュ》と呼ばれる。僕が好きなのはこのRueの道々だ。

読者は、こんな感慨に耽《ふけ》られたことはないか。この本のこのページのこの一文を、自分は死ぬまでにもう一度読むことがあるだろうか、と。僕は読書中によく起こるこうした一期一会に似た感覚に、旅の途、不意に襲われることがある。この国のこの町のこの路《みち》を、自分は死ぬまでにもう一度歩くことがあるだろうか、と。その度に、いや二度と歩くことはあるまい。そう噛《か》みしめ、歩くのである。

ブルターニュのロクロナン村や、ペリゴールのドンム村など。早朝散策しながら故意に道を逸《そ》れてみる。そこには意表を衝《つ》かれ顔の朝靄《あさもや》の物干し台や禽獣《きんじゅう》の籠などが現れ、それらが僕の意表を衝いてくる。森への細道も暗い袋小路も、僕にはすべて愛《いと》おしく思える。きっとまたここに来てみせる。そう誓うそばから路たちは、軽薄な感傷屋の僕の踵《かかと》からみるみる遠ざかり、淡い夢と化すのである。

2015.3

若き後輩たちに寄す

わが母校名古屋西高校は今年創立百周年。先日、現役の後輩たち千人の前で話をした。それを彼らに宛てた手紙の形で語り直そう。

――みんな！　先日は個性的な人間を肯定する西高《にしこう》の気風がみんなの顔にみられて嬉《うれ》しかった。ユーモアの混じった質疑など、恥ずかしさを怖《おそ》れずここ一番で道化になれる力、「道化力」と「責任感」が受け継がれていた。

僕はあの日、それを壇上から偉そうに垂れる大人では卒業生らしくない、自ら無軌道ぶりを実践せねばと思い、進行に支障ない範囲で（この辺が最低限の「責任感」）みんなの前に「道化力」をさらした。さぞ変わった先輩だと思ったろう。うん、僕らは単に大人になるんじゃなく、「大人の責任感を持った無鉄砲少年少女」になろうと無意識に志していた。

訓を垂れる大人になりたくなかったんだ。けど僕は今、作家業の傍ら大学の教壇で偉そうに「垂れて」いる。それが居心地悪くて、教壇という高み・尊大さをたえず道化力で破壊し、覆しながら伝えようと苦慮しているんだ。

西高の卒業生は大人大人した偉そうな自分を恥じる。これは伝統。でも決して己の個性のためにあえて道化になる勇気は恥じない。それで「困ったやつだ」と苦笑されたら、おお、上等じゃん、って思う。それが西高生だ。

え、西高なの？　変わり者を多く出す、あの西高？　そう訊《き》き直される一癖も二癖もある人間になれ。面接でも私生活でも、「お前がどんな人間か見てやるから何かやってみろ」と言われたら、腹を決めて「えいっ！」と清水の舞台から飛び降りろ。そうやって羞恥を乗り越え乗り越えしてゆくことが、実は人の生そのもの、この世界の旅のしかたなんだ。

みんな頑張って。すでに多くの卒業生が百年の間、世間で幾度も「えいっ！」っていいながら道を選び取り、道化の瞬発力で生きてきた。生きることは、日々「えいっ！」をし続けることだ。みんななら、きっとできるよ。

2015.4

「物語」対「物語」

アルカイダ。ボコ・ハラム。イスラム国。イスラエル国。アメリカ合衆国。フランス共和国。朝鮮民主主義人民共和国。日本国。いずれも何らかの共同幻想により集団となった人々。各々《おのおの》がこの狭い地球上に地理的・思想的な居場所を主張し、各々の共同幻想地図を頑《かたく》なに信じているが、居場所と居場所は往々にして重なり合い、互いの法や宗教、主義や価値観、そして自衛権と称する相対的な「正義」どうしがぶつかって戦争が起こる。

国家・民族・宗教・法律。或《あ》るいは企業・組合。個々人が自分を、そこに描かれた任意の「物語《ストーリー》」の構成員とみなし、生きている。それは歴史や信仰や主義、その教育ののちに各人が奉じた「一物語」であり、まるで足下から前へ紅い絨毯《じゅうたん》を敷くように、まっすぐ疑念なく敷かれている。それが他の物語＝絨毯と交差する場所で血が流れる。人と人との文脈どうしが整然とは棲《す》み分かれないからである。

パリの週刊紙襲撃事件に端を発した数百万人のデモ、その中継を見た。自由・平等・博愛、まさに革命の国フランス。一都市で百万人規模のデモは日本では不可能だ。ただ、あの百万人の物語も一枚岩ではない。表現の自由を掲げる者もイスラム排斥者もアナーキストも野次馬も、そして民主主義的連帯を愛国心へ束ねようと煽動《せんどう》した卑劣な者もいただろう。そもそもかつてのフランス革命も本質は衆をあげての大規模テロ《テロ》であり、民主主義さえもテロによって勝ち取られた事実を正史が書かぬだけのことである。大同小異、いつの世もテロを誘発するのは物語と物語の衝突なのだ。

風刺漫画や風刺映画などで他国の預言者や独裁者を嘲笑できる民主主義的な表現の自由、むろんその物語に僕も与《くみ》する者だ。しかし、いかに当方の物語が相互風刺を是認しようが、他方の物語がそれを許さねば絨毯は交差し、血を伴う齟齬《そご》が生まれる。同じ星の上で生き死にを繰り返す儚《はかな》い蜻蛉《かげろう》のような人と人とが、物語の違いで憎み合い、殺し合う世界。それがこの現代なのである。

非戦の誓いを破る日

2015.5

非戦を誓った史上最高の平和憲法、憎悪の連鎖である戦争《テロ》から長く僕らを守ってきた日本国憲法第九条が、かつての空爆の地獄を忘れた、または頭でしか知らない世代の多数決によって今まさに葬られようとしている。他国の戦争に加担し、同盟と見做《みな》され、憎悪の連鎖に陥った反撃者に街を火の海にされる。

戦争を知らぬ子孫を再び戦争に行かせず、敵国を作らないためには、今の時代に一票を持つ僕らが非戦の誓いを守り抜かなければいけない。沖縄を見よ。戦争体験者が次々に没し、戦争を直《じか》に知らない世代が来て、国から金を積まれても、戦争・戦場・基地を放棄する非戦・平和への強い意志に貫かれている。

幼稚で愚かなプライドのために、憲法を改変し非戦の誓いを破棄せんと企《たくら》む者たちがいる。好戦的な政治家とその政党の支持者たちだ。しかし支持者の多くは改憲に無自覚で、日銀の作為的な金融緩和に演出された偽の好景気に満悦させられて、非戦の誓いを破る政策までを一緒くたに支持してしまっている。

例えば僕が好戦党の党首なら、どうやって九条を葬るだろう。まず国民の悲惨な戦争の記憶が消えるのを待つ。人は忘れる生き物。だから語り伝えを邪魔し、人を無知にする。次に、子供には他国より日本を愛せと教育する。世界の前に日本が大事。日本民族は優秀。そう国のエゴを刷り込む。最後は改憲の国民投票だ。投票権を二十歳以上から十八歳以上に引き下げ、より戦争を知らない票を取り込む。

投票は政治家が操作できる。多数決とは喩《たと》えれば、十八歳～死までの限られた長さを持った「投票権の吊《つ》り橋」を渡るその時代の乗り合わせ者の中の瞬間多数を捉えて決議し、後にこの「日本」という橋に知らずに足を入れる新人たちの運命までを決めてしまう恐ろしい行為だ。

戦争の愚を知る多くの者が橋を渡り終えようとしている。後には陸続たる愛国少年の群れ。非戦と平和とが不可分であることを知る僕らの世代の眼が黒いうちは、九条の誓いは破らせまい。

2015.6

愛国か、愛「世界」か

神風特攻隊を描いた鶴田浩二主演映画「雲ながるる果てに」は家城巳代治《いえきみよじ》監督が戦争の愚を猛省し、後世のために残した名作だ。特攻とは武士道における死の超克の鍛錬を悪用し、若者に自爆テロをそそのかす卑劣な「子供の兵器化」だが、映画の終盤、命中率＝テロ成功率の上がらぬ戦況に不満の漏れる本営で参謀役の岡田英次が「なぁに、特攻隊はいくらでもある」と吐き捨てる。すると直後、長閑《のどか》な小学校で女先生のオルガンに合わせ、幼い子供たちが勇ましく「♪箱根の山は天下の嶮《けん》」と合唱する場面《シーン》が映る。戦時、替えの弾《たま》は日本中で続々と製造されていたのである。

学校で道徳が教科化され、国の定めた教科書によって子供の考えを一定の方向へのみ拘束することは危険な思想統制だ。現に新学習指導要領の文言には「国や郷土を愛する態度」まで盛り込まれている。「お国のため」と勇気ある愛国少年を演じ日の丸を仰ぎ君が代を歌えば「優」。そうした成績評価が始まると、頑迷な学歴主義の親までが易々《やすやす》と洗脳され、終《しま》いには「立派にお国の役に立ってこい」とさえ言いかねまい。子供兵器の完成だ。

笑止なのはこの変更に理解を求める国の言い分に「いじめ対策」があることだ。「誰にでも分け隔てなく接する」よう道徳で指導したいとする顔の裏で、国の陰湿な沖縄いじめはなくならず、基地は頑《かたく》なに県外に出さず、徹底して分け隔てする構えだ。

国の外に敵を想定し「挙国一致」で愛国化すれば内なる憂は解消するのか。なぜこの国際時代に排外的な「愛国」なのか。分け隔てない「愛世界」を目指すべき人道の内側に利己的な差別、外よりもまず内を優先して愛せという排他主義を設けることこそ愛国の本質であり、味方を「ここからここまで」と強いて確定させることで、その外に「他者」を生み出そうとする、これぞ反道徳的な思想ではないか。

こうした偏狭を差別《レイシズム》として廃絶しようと世界が苦慮する中、愛国そして富国強兵へと逆行する為政者の旧態を、叱咤《しった》できる世代はもういないのか。

書くことと生きること

2015.7

他人にかまってもらいたいわけではないことを先に断っておくが、僕は若い頃もここ最近も、痛切に「ああ、死んでしまいたい」という感慨に耽《ふけ》ることが度々ある。この切望は、僕の長い「観測」経験によれば、十年おきに来るものがもっとも手強《てごわ》く、それと別に年に一回ほどのやや短い周期で訪れるものがある。

年一回のものはたいてい春に来る。吃音《きつおん》児童だった昔から自律神経が弱く、春には発汗調節がうまくいかなくなる。無暗《むやみ》に悲観的で臆病になる。僕の父は晩年、躁鬱《そううつ》病を悪化させ自殺を繰り返し、精神科病棟に入院、僕ら家族は何年も遠い病院へ看病に通った。父が死んで少し後、僕も父と同じ躁鬱病を発症、もう十年くらい、薬で病を抑えながら暮らしている。おかげで僕はこうしてエッセーも書けるし、自殺もせず生きている。

だが、あの十年周期の重い欝がまたやってきた。誤差も多少あるが、十四~十五歳、二十四~二十五歳、三十四~三十五歳、そして四十四~四十五歳。こういう話をするとすぐ思い込みだと人に諭される。でも僕には、これらの年に深く苦しんだ鮮明な記憶の断層があるのである。

十年周期の鬱、その災厄には何か「手も足も出ない」「見ているより他はない」といった圧倒的な感じがある。僕はこの春、長い年月をかけて書いてきた恋愛小説を座礁させ、途絶させてしまった。もう一文字も書き継げない白紙の前で、何カ月も無意味に息をした。

作家にとって、書けないとは仮死に等しい。

作家である以上、鬱でも書かなければならない。書かなければ物故作家だ。そう己を叱《しっ》咤《た》し、踵《かかと》で崖の縁を感じつつ、たとえ脱稿後に気がふれても書き上げると誓ってなお書けない。副業だった大学の職もこの春辞し、筆にすべての時間を捧《ささ》げている現在も、絶えず抗《あらが》えぬ力で「死んでしまいたい」衝動が沸き起こる。でも、それに打ち勝って僕は書く。どうしてもあと少し書きたいのだ。

肉体が滅んでも書く。挙句《あげく》、屑《くず》のような作品しか遺《のこ》せなくても、魂のその「屑」に命を捧げる。そういうのが作家の生なのである。

矛《ほこ》と矛

＊本書72Pの「美しい国は戦争の国か」と多少重複するがあえて収録する

2015.8

七十年間、僕らは戦禍を蒙《こうむ》らずにきた。自衛のための盾《たて》だけを持ち、剣呑《けんのん》な矛《ほこ》は持たぬという非戦の誓いが他国をたじろがせるのだ。

今の国際社会では、矛を持たぬ戦意なき国を攻めた輩《やから》は全世界を敵に回す。戦後の国際的な正義の共有とその成熟が僕らの誓いを文字通り「無敵」の盾にしおおせたのである。

だが、英雄ごっこの好きな幼稚な人間が自衛隊を我が軍と呼び、盾でなく矛として、海外で「積極的」に使うべきだと言い始めた。

銃を握れば人は撃ってみたくなる。幼稚な英雄なら安全装置を外してでも撃ちたがるだろう。ましてや相手の銃が誤って暴発し近傍を掠《かす》めれば、彼は思わず相手を撃ち殺してしまうかもしれない。

銃を撃つ大義を得るには先に相手に撃たせることだ。そうすれば自衛と称して相手を狙撃でき、英雄の強弁する積極的平和貢献とやらの名分も立つ。

好戦党の党首は肚《はら》では隣国の攻撃を待っている。撃たれたら戦意は高揚、国は結束、開戦が叶《かな》う。応戦が始まれば戦争法案など次々に作れる。まさに英雄の目論見《もくろみ》どおりだ。思えば相手が先に仕掛けたという口実をヤラセで作ってでも開戦し、満蒙《まんもう》を侵略したのが往時の日本なのだ（柳条湖事件）。

例えばホルムズ海峡の機雷除去。これへの加担は国際法上「戦争行為」とされ、日本は「戦争状態」に入ったと見做《みな》される。この瞬間、僕らが長く守ってきた非戦の誓いは破られ、日本はついに信念を捨てたと世界から明確に参戦国として認識される。

いかに戦わず耐えるか——先人が積み上げてきたこの努力を放棄し、より参戦しやすくする法案を通す者たち。法案に賛成した恥ずべき戦争責任者の名簿は永劫《えいごう》に残せ。そして好戦者が招いた戦争は彼ら自身に行かせよ。反戦者は徴兵にも軍事費徴収にも応じる必要はない。それでも戦場へ行かされたら、精一杯逃げも隠れも「しよう」。それが真の人道主義だと知っておくのだ。

「春秋左氏伝《しゅんじゅうさしでん》」に曰《いわ》く、「武」という漢字は「戈《ほこ》を止める」と書く。非戦の誓いはこれら仁《じん》を尊《たっと》ぶ儒学の真髄が体現された思想なのだ。日本人は古《いにしえ》の魂まで捨てるのか。

矛に矛の図は蛮族同士の姿だ。日本はあの夏、矛を捨て、不屈の忍耐で蛮族の名を返上し、盾のみ携え七十年を迎える。

2015.9

旅の宿

以前も書いたように僕は旅が好きで、学生時代には一人で国内や海外を長期放浪した。若い頃の僕にとって、旅とは予定調和の周遊ではなく、何が起こるか知れない未知の冒険であるべきだった。けれども人は旅ばかりしていると旅慣れてきてしまう。そこで意を強くし、旅先で自分が狼狽《ろうばい》するであろう状況を故意に作りだす、いわば確信犯的なイレギュラー誘発行動にいつしか出るようになった。

大学一年の時には野宿したり農家に泊めてもらったりしていたが、それはこちらが破れかぶれの憐《あわ》れな若造ゆえに許されるという甘えが伴っていた。三年生になり冬の四国を一人で周《まわ》った際、笑わないでいただきたいが、初めて、町人《まちびと》だけが集ういかにも排他的そうな小さなスナック、緑のビニール庇《ひさし》に白抜きで加代やら美恵やらと店名の書かれた、町に一軒だけあるような重いドアの呑《の》み屋に勇気を振り絞って入り、ウィスキー・ロック、と注文して後はじっとカウンターの隅で予《あらかじ》め決めていた滞在ノルマ一時間、壁を見つめて店を出た。町の衆も僕も凍りついていた。徳島の鳴門ではなかったかと思う。

四国では他に高知の中村で、これも実に入り辛《づら》そうな、地元の年配客しか利用しないだろう理容店、ガラス窓に往年のチャールズ・ブロンソンのマンダム風な褪《あ》せたポスターでも張ってあるような床屋で髪を切ってもらった。沈黙の時間。頼んでもいないのに横と後ろは刈り上げられ、前は七三に分けられた。

エッセー集『偏愛蔵書室』にも書いたが、欧州三カ月放浪の際には、夕方、わざと名も知らぬ無人駅で降り、英語の通じない村人をつかまえて自力で宿を探すという試練を繰り返した。何度かは農家に泊まった。結局村に宿はないし面倒だからうちに泊まっていけということになるのだった。なにしろ英語が通じず、僕の方も流暢《りゅうちょう》でないから、向こうもこっちも必死だった。迷惑千万な青二才である。

二十五年も前の話だ。危険犯罪の蔓延《はびこ》る今、宿無しにねぐらを貸す家はそうはあるまい。人を見たら敵と思えという猜疑《さいぎ》心が、悲しいかな、今の世界の空気なのである。

2015.10

車道ママチャリ考

歩道は危ない。でも車道はもっと危ない。いずれも自転車の話だ。警察は最近、自転車も車両であるから車道を走れという旧弊な法規を徹底化させてきた。

結論から書くが、僕個人の新案はこうだ。自転車を二種に分ける。自動車と同程度の速度が出せる競技用やマウンテンバイクは第一種自転車、どう頑張っても人が走る速さ程度しか出せないママチャリは第二種自転車とし、前者は車道を、後者は歩道を走る。もちろん競輪選手がこぐママチャリは脅威だが、法規上はひとまず車種で分ける。
僕は自家用車を持たないけれど車はたまに運転し、ママチャリにはそれより多く乗り、さらにそれより多く歩行して生活しているので、三者それぞれの不安や恐怖がよく解《わか》る。各々《おのおの》の立場で書こう。

自動車の立場からいうとママチャリが車道に溢《あふ》れるのは怖い。上り坂を立ちこぎで蛇行する人や前後に子供を乗せたお母さんが一緒くたに車道走行を強いられたら、車運転の自分がいつ一家惨殺者になってしまうか分からない。バイクや競技用なら速度が似ているから共存できる。また大八車や観光用人力車も車幅が広いので発見しやすく避けやすい。が、路肩から不意に超低速でよろめきつつ膨らんでくるママチャリへの対処には限界がある。

次に自転車の立場。僕は自転車では車道に出たくない。トラックの多い雨夜の国道など論外。バスの停留所はじめ、車道左端は車の岸辺で、全車両が必ず着岸する最も過密な交通の坩堝《るつぼ》だ。そこをママチャリで走れというお上《かみ》の神経を疑う。

歩行者の立場では競技用自転車に轢《ひ》かれたら重傷だが、ママチャリに殺される気は少なくともしない。自転車の婦人の方が転倒し怪我《けが》しないか逆に心配だ。僕が男だからか。ただ、ながらスマホによる加害事故には飲酒運転同様に実刑で賛成だ。

怪我の件数も減らしたいが、死亡事故件数をこれ以上増やさぬよう、ママチャリの車道走行は厳命どころか厳禁すべきだ。でも官僚が方針転換するのは死亡者が増えた暁でしかないのが哀《かな》しいところだ。

偶然の相似も盗用

2015.11

この稿で僕は同じ創作者《クリエーター》の立場から、盗用を非難される人々に半ば同情しつつも、こうした場合に作家がいかに対処すべきか、管見を述べてみたい。

世間を騒がせている東京五輪エンブレムのデザイン盗用問題は、昨年の万能細胞事件のような客観的に検証可能な事例とは異なり、きわめて感覚的、主観的な次元に属する微妙なものだ。

原告だったベルギーのデザイナーの作品は二年前からウェブで公開されていたそうで、両者を比べると確かに似ている。が、五輪エンブレム考案者の佐野研二郎氏は未見と主張。とすると真相は三つありうる。①先例を意図的に模倣。②先例を見て一度忘れ、無意識裡《り》に模倣。③先例を見ておらず、全くの偶然。

私見によれば①②③、いずれもが盗用である。③は同情に値するが、創作の世界とは他者の評価が全てだ。多くの人の目に盗用と映れば、本人が盗用でないといくら訴えても空《むな》しい。結果は世間的にも歴史的にもあくまで盗用となる。殺意のなかった過失の殺人も罪は罪であることと同じ理屈だ。

例えば僕の書いた小説と余りにも似た小説が未訳ながら百年前に遠い異国で書かれていたら僕がそれを読んでいなくとも僕の小説は盗作である。また僕が本当に宮沢賢治を知らずに二人の少年が鉄道で銀河を旅する話を書いてもそれは盗作である。盗作となるのだ。

確信犯的にそっくりに書いても評価されるのはオマージュ作品だけだ。先例に敬意を表し、これを模倣／批評して書いたもので、芸術の歴史は往々、この方法で拓《ひら》かれてきた。

五輪エンブレムは本稿校正中に使用中止が決定され、開幕まで続くかに見えた泥仕合はあっけなく幕引きとなった。主観同士の確執は盗用か否か以前に、我が国はじめ全世界へ大きな懸念を与えた。作品の事実、それは作者の意図でなく観賞者の主観のみが保証する。人はみな先人の業に倣って生きる動物ゆえ、それが創造か盗用か、白か黒か、万人が模倣のプロの勘で見抜いてしまう。これは創造だ、これはあんまりだ等々。虚心坦懐《たんかい》な国民の目に今回の結果は自《おの》ずから見えていたのかもしれない。

2015.12

ネット記事の語法

家で本ばかり読んでいるせいか、たまに人に唆《そその》かされてインターネットの報道記事などを閲覧すると、その言葉選びのあまりの卑俗さに驚くことがある。主にネットのスタートページのトピックだが、まるで新聞の見出し一覧の中にゴシップ週刊誌の見出しがゴチャ混ぜに入っているようだ。

その典型的な見出し語の例。「激太りで別人に」「壮絶劣化に驚きの声」「美人すぎる代議士」「婚約で人気急落か」「女子アナ○○が現場で嫌われる理由」

これらの言葉に僕が不快を感じるのは、ただ耳目を集めたいがために使われている語法の稚拙さ・低俗さは無論だが、記事の奥にいる書き手たちが、文責者無記名という匿名性の上に愉快犯さながら安穏と胡座《あぐら》をかいているからである。

例えば、「破局も時間の問題とみる関係者も多いと『〇〇芸能』が報じた」という具合に、ネット記事の多くは転載や伝聞だ。情報が噂《うわさ》に過ぎなくとも、噂を伝えた媒体名を出し文責を押しつけてしまえば済む。その多重伝聞が文責の所在を揮発させ、引用者に隠れ蓑《みの》を与える。

堅実な新聞ほど記事の先に記者の顔が、血肉が見える。自説と中立性との折り合いの苦慮が見える。十分な時間と足を使って得た情報を「ここに私は報道する」と、いつでも出る所に出られる身体性とともに伝達する。記者自身の肉声が客観的な記事の向こうに感得できるから、僕らは安心して新聞が読める。

ネットは伝聞を伝え捨てにし、さらにその文末の歪《ゆが》め方如何《いかん》で、渦中の人物の毀誉褒貶《きよほうへん》を有利にも不利にも操作できる。書き込み掲示板の書き手と同様、いや私情を挟まない態《てい》をした報道の看板を掲げている分だけ質《たち》が悪い。本来、伝聞とはそれだけですでに伝達者の側の「思惑」であり「表現」なのである。

ブログやSNSを含め、あらゆる記事の執筆者・転載者は堂々と名を名乗り、荒ぶる言論の俎上《そじょう》に身を載せるべきで、そうではない、文責追及を免れうる伝聞はすべて嘘《うそ》と思ってもよい。電話口で名も名乗らぬような詐欺師まがいの書き手が跳梁跋扈《ちょうりょうばっこ》する、今のネット空間の無法さを憂う。

中立と偏向

2016.1

十八歳の選挙権が始まるのを前に、主権者教育の重要性が叫ばれている。その指導の要件とされているのが「中立性」だという。

しかし生徒が政治信念を各々《おのおの》に育む中、指導する教員、彼もまた血の通った生身の人間である教員が、相《あい》反する意見の間の真の中立、真の公平を体現するなど実際可能だろうか。僕は不可能だと思う。

真に中立でありたければ意見を放棄することだ。仮面を被《かぶ》りサイレント・マジョリティーとして沈黙することだ。話に道筋をつけるだけでも言質をとられ譴責《けんせき》される。だが思うに「先生は正直どう思います？」と聞かれ、「さあね」と嘯《うそぶ》くなら教員など必要ない。生徒らは〈中立とか公平とか難しい立場は解《わか》ってますけど、今は先生としてじゃなく大人の一人としての意見が聞きたいんです〉そう思っている。僕も昔そう思っていた。事勿《ことなか》れ・日和見を決め込み、及び腰になる教員は、保身を見抜かれ、失望された。

教え子と四つに組むように激論してくれる人間らしい先生を僕らは信頼した。

「確かに敵からもらった憲法だけど、これは〈二度と戦争はしません〉という、自分たちの国でもとても実現できない高い理想を、戦争ばかりする日本に押しつけてくれたものなんだ。以降戦争はない。先生は今の憲法で満足だな。自慢の憲法だ」

この先生を現政府なら「偏向者」として処分するだろう。「中立」という透明人間のように空疎な反知性の檻《おり》に教員を軟禁し、片や生徒には国旗を掲揚させ、国歌を斉唱させる。病的な不中立である。

人間はみな各々に偏向している。多様に偏向してこそ人間であり、そこに生まれる齟齬《そご》と苦しい折り合いこそが政治だ。対するに中立とは一種の意見放棄・議論放棄であり、臆病者の逃避、無知者のだんまりである。世論調査のグラフに表れる「どちらともいえない」という項。あれが「中立」だ。こうした人畜無害の中立者を日の丸・君が代・検定教科書で愛国教育し、以《もっ》て国家の礎《いしずえ》と成す。むろん礎とは、従順な「票」のことでもあるが。

2016.2

いじめの王国

僕の住む名古屋市西区で、いじめを苦に中一の男子が線路に飛び込み自殺した。

僕も中学時代には陰湿ないじめを受けていた。母が毎朝作る弁当は食い散らかされ、入学祝いのペンは嗤《わら》いながら折られた。悪い時代だった。数名のいじめ主犯には弁当やペンに託された思いなど関係ないのだった。心は毎日引き裂かれたが、僕が最も耐え難かったのは、いじめを受ける教室で、仲の良い級友らが不良らに阿《おもね》ろうといじめを微笑《ほほえ》ましく傍観し、僕が転べば笑い、不良が僕の顔を踏めば喝采をもする「集団の持つ醜さ」だった。

いじめは人間が「組織」を作る際にパワーバランスを明確化するため起こるべくして起こる。誰かがカーストの上になり誰かが下になる。それでクラスにある種のまとまり、小国家が形成される。

組織・社会がある以上、いじめは根絶できない。それは全ての組織に潜在し、いじめが組織を保つからだ。組織化されたクラスは教師も扱いやすいだろう。

昔いじめられた者として、子供の命を救う方策を闇雲でも書いてみる。①苦の限界の来た子が数年休んでも及第できる家庭内学習制度を作り、命を守るための不登校を学校は容認する。②中学生活に慣れ、受験もまだの二年生が最大の鬼門。ゆえにこの年だけは夏休み明けにもクラス替えをする。③担任が生徒を置き去りにする休み時間と放課後こそいじめの好機。教員が無理なら、高校生か大学生男女1名ずつに日替わりで、級友として下校時まで過ごしてもらう。SNSに参加してもらえればなおいい。高校大学はこれを課外学習として授業と認める。少し年上の世代が持つ鋭敏な視線といじめへの嗅覚を不良らは必ず嫌う。それがいじめの王権を狂わせる。

旧態依然の学校の体制下では今後も子供が死ぬだろう。学級内で大人は子供と「言葉が通じず、頼りにされていない」と自覚すべきだ。そこは親でも入れない外国だ。彼らの言葉を解し入国できる「先輩の級友」だけが救える幼い命がある。僕の経験から、それを確信する。

ドロンと雷蔵

2016.3

映画にうとい方がこの見出しだけ見たら、忍者の変身シーンか何かだと思うかもしれないが。

今回、昔の映画の「美男優」の話をしようと思いついたのは、かつて僕が大学の講義で学生に古い映画を何本か観《み》せた際、女子の学生らが、「昔の男たちは美しい、これを見たら今のジャニーズやエグザイルなど軟派すぎて見られない」と洩《も》らしたのを、先日思い出したからである。

男の魅力はいつの時代もわかる者にはわかるのだと思ったものだが、映画の世紀といわれる二十世紀の、まず海外の男優の中で僕の好きな、ではなく僕が「美しい」と思う、つまり僕がもし女なら抱擁されてみたい男優は、三位ビョルン・アンドレセン、二位ヘルムート・バーガー、一位アラン・ドロンとなるか。

アンドレセンは「ベニスに死す」、バーガーは「家族の肖像」、ドロンは「サムライ」「帰らざる夜明け」がいい。ドロンは確かに甘すぎるが、生まれてから僕が見た中で最高の美貌であることは間違いない。古今東西を通じて、彼を超える美しい男を僕はこれまで見たことがない。

次に日本。これは多すぎて困る。公平にその男優の最も美しい時期の作品同士で比べると、上原謙や鶴田浩二、長谷川一夫、仲代達矢、池部良や細川俊之らがあがる中、僕個人は、三位佐田啓二、二位三船敏郎、一位市川雷蔵となるのである。

三者三様、甘党なら佐田、辛党なら三船。佐田啓二は演技力を度外視して「不死鳥」を推す。田中絹代が電車内で盗み見するその横顔の美しさときたら失神モノである。三船敏郎は「野良犬」か「静かなる決闘」。野太い声なのに気品があり、若い頃の三船にはこちらの全身を委ねたくなるような包容力がある。

市川雷蔵なら「陸軍中野学校」もいいが、やはり「眠狂四郎」、中でも決して高評価とはいえない「円月斬り」をあえて推したい。女子学生の一人は「指の先まで美しい」と嘆息した。

もちろん俳優の総合評価で選べば、アンソニー・パーキンスや笠智衆、渥美清などが好きだ。でもそれとこれとは事情の異なる話なのである。

2016.4

諷刺劇《ふうし》

「孫よ、おるか、孫よ」「はいお爺様《じい》。ご降霊遊ばされ祝着《しゅうちゃく》至極に存じます」「外遊ばかりしおって。例の〈戦争できる国計画〉の進捗《しんちょく》は」「仰せの通り粛々と」「昨年九段坂のお社へ東条らを訪ねたら厠《かわや》で爆音が鳴ったが」「隣国人のテロで」「日本も立派なテロ標的国か」「戦争に発展させるにはまだ足りませぬ」「忌々《いまいま》しい平和憲法め。憲法審査会に与党推薦で出た学者が違憲論者だったのはお主の落ち度じゃ」「慙愧《ざんき》に堪えませぬ」「原発再稼働は」「しました。原爆もいつでも作れます」「開戦を阻む九条をなきものとし、自衛隊を正規軍と呼ばせ、銃口を他国へ向けよ。銃で狙い合ってこそ平和なのだと民に言い含めよ」「御意《ぎょい》に」「オスプレイは買えたか」「十七機で三千六百億円」「辺野古の鎮圧は」「手こずっております」「習と組んで尖閣で衝突工作でもせよ。民心を不安にすれば基地はできる」「さすが昭和の妖怪と異名をとったお爺様」「お前は過半数を握る独裁者なのだからもっと露骨に圧政を行え」「デモもしぶといので」「わしの頃は機動隊でひとひねりじゃ」「ご時勢が違います」「マスコミは」「キャスターでは、渋谷放送の会長が昵懇《じっこん》ゆえ大越を降板させ、春には一番煩《うるさ》かった六本木の古館、赤坂23時の岸井も」「それは上首尾」「邪魔者は消しましたが九条抹殺には賛成票が三分の二必要、七月の選挙で勝たねば」「甘い汁で餌付けせよ」「日銀の金融緩和で財界は手懐《てなず》けてあります。後は投票率の高い貧乏老人らを一網打尽に」「目眩《めくら》ましの小遣いは」「選挙直前に三万ずつ」「一票三万円か」「元は自分らの税や借金なのに、お国から頂いた、有難《ありがた》やと泣いて喜びましょう」「哀れよの」「IS掃討を支援し日本でも報復テロが起きれば改憲も開戦も次々かと」「金正恩《キム・ジョンウン》も追いつめよ。戦闘員は足りるか」「徴兵制で総動員させます。産めよ殖《ふ》やせよ政策も進行中で」「最近のスローガンは」「進め一億総火の玉……活躍社会」「よし。見ておれ景気最優先の国民ども。積年の鬱憤を晴らす千載一遇の機。必ずまた軍国にしてくれる」「はい。必ずや」

生まれた年の歌

2016.5

僕は一九六九年に生まれた。東大安田講堂が陥落し、永山則夫が連続射殺事件を起こし、アポロ11号は月へ至り、サド裁判に有罪判決が出た。五輪と万博に挿《はさ》まれた華やかな高度成長期、個人は権力に反抗し、懇《ねんご》ろに圧殺された。そんな、暗く激しい擾乱《じょうらん》と実存の時代だった。

やりきれぬ世情を反映し、歌謡界には厭世《えんせい》的で気怠《けだる》いムード音楽が流行《はや》った。佐良《さがら》直美「いいじゃないの幸せならば」、弘田三枝子「人形の家」、カルメン・マキ「時には母のない子のように」、ピーター「夜と朝のあいだに」、アン真理子「悲しみは駆け足でやってくる」。

あの時代の歌は人の度量が広く、また絶望の追及も徹底されていた。僕は自らがあの頃を生きた自覚こそないが、自分の生まれた年は火花散る文化隆盛の時代だったと誇りたいのである。…悪い女だと人はいうけれど、いいじゃないの、今が良けりゃ…という詞など、現在の〈一億総風紀委員化〉された狭量なネット社会の耳に聞かせてやりたい。有名な…若いという字は苦しい字に似てるわ…なども重い詞だが、この時代の個々人はそれぞれに過酷なまでに生を突きつめ、その上で泣き笑いしているのだ。絶望のどん底で、…明日《あした》という字は明るい日とかくのね…と衒《てら》いもなく歌い出せる者が、今の時代、何人いるだろうか。

歌詞だけではない。旋律の美しさも格別だ。…街の灯《あか》りが、とてもきれいね、ヨコハマ…。あの名曲「ブルーライト・ヨコハマ」もちょうどこの年に流行った。

そしてこの時代のモノクロの雰囲気、都会と人間の孤独の闇、それらが見事に体現された僕の揺籃《ようらん》期の夢の歌が、由紀さおりの「夜明けのスキャット」だ。…愛しあう、そのときに、この世は止まるの…。こんな美しい歌に抱かれて、僕は生まれた。日本はまだ若かった。でも僕が成人した平成は何もかも想定され管理され、安全な、しかし陰湿で過保護な社会だった。僕は自分の生まれたあの年、あの博打《ばくち》のような時代に、青春を生きてみたかった。

2016.6

とろとろのハンカチ

昔から物が捨てられない。家族にも言われる。お前は捨てられない子だねえ。でも僕だけじゃないはずだ。物が古びれば古びるほどいよいよ愛着が深まり、捨てられなくなる人。

小学校は僕ら児童に必ずハンカチを携行させた。小学生だから、ダンヒルとかじゃなく、そこらにあるタオル地やガーゼ地でできた柔らかい正方形の布だ。母が毎日洗って畳んで持たせてくれるそれらのハンカチで僕は手を拭き、喧嘩《けんか》して涙や鼻血を出せばそれで顔を拭った。泣きながら鼻に押しつけるハンカチには、石鹸《せっけん》や汗、昼食時についたケチャップなど、様々な匂いが混じり、それらの噎《む》せかえるなかに、僕の幼少期のすべてが存在した。

洗っては使い洗っては使いするうち、布が剝げ、面《おもて》の模様まで見えなくなってきたようなハンカチのことを、母は「とろとろのハンカチ」と呼んだ。そのとろとろ、今度使ったら捨てるからね、といった。僕は、いやだ、と我を張った。僕のとろとろのハンカチに抱く切ないほどの愛《いと》おしさは、大人たちには決して解《わか》らない。しかしある日、僕が好きだった白いガーゼのハンカチが、父親の靴箱で、真っ黒な靴墨に汚されているのを発見した。ワンポイントの兎《うさぎ》の刺繍《ししゅう》も乱暴に墨でベットリ。僕は思わずそれを頬にこすりつけ、玄関で泣き崩れた。

こんな昔のことを書いて親を詰《なじ》るつもりもないが、あの時の哀《かな》しみは「時に世界は悪気のない暴力で個人の大切な心を引き裂く」という摂理、それを幼い僕に教えたと思う。

横断歩道で小さなとろとろの犬のぬいぐるみのストラップが雨にぬれている。信号が変われば、何台ものトラックがそれを轢《ひ》くだろう。そんなとき僕はいたたまれずそれを拾い上げる。歩道まで運び、街路樹の枝にでも下げておく。後でそれを取りに来た子が、「ああ、こういうことを解っている人が世の中にいる」と思うように。

こういう小さな、しかしそれなくば人が人でなくなるような切実な感情を拾い上げること、そしてそれを自分だけの言葉で表現することこそが、実は僕ら作家の仕事だと思う。

2016.7

「自衛」ということ

与党が数に物をいわせて強行採決・施行した安保法（安全保障関連法）、その集団的「自衛」権には、国際法の解釈いかんで「先制攻撃」の可能性も含まれる。「A国がミサイルを撃つ構えを示したため、B国と協力し発射基地を先制爆撃した。落命したA国人数十名の冥福《めいふく》は祈るものの、自衛の処置ゆえ致し方なく、我が国に非は一切ない」……。例えば「自衛」とはそんな大量虐殺罪の、都合のよい言い逃れにも使われうる。

つまり集団的自衛権とは集団的先制攻撃権でもあり、それを各国が振りかざし、殺人の罪をいくらでも自衛と釈明できるのが、この野蛮な現代世界である。だが、戦争放棄を謳《うた》った憲法九条が、こちらから戦いの火ぶたを切る「先制殺人」を許すはずはない。

これまで自衛隊は憲法九条との齟齬《そご》に揺れながらも「専守防衛」、すなわち「護《まも》りに徹するプロ集団」として長く命脈を保ってきた。その彼らの防御の力を攻撃にも使おうとする安保法は、自衛隊の当初の使命を政治の力で無理やり書き換え、上書きする暴挙である。

仮に日本が他国から「自衛と称する攻撃」を受けた際、砲弾を撃ち落とし、上陸してきた侵略者を取り押さえれば、それは矛でなく盾を自任する彼ら防人《さきもり》の使命の遂行だろう。しかるに同じ彼らが「自衛と称する先制攻撃」を政府に命じられ、他国人を殺《あや》めた場合、僕らは決して「ああ自衛隊員さん、私たちを守るために外国へ行って人を殺してくれてありがとう」などと笑顔で日の丸を振って兵士を出迎えてはいけない。それはかつての日本が陥っていた愚かな集団狂気であり、ここにこそ「戦争」と呼ばれる病魔の大本営がある。

自衛隊員を死傷者にも殺人者にもしてはならない。武装した隊員は他国から危険な殺戮《さつりく》者と見做《みな》され、それこそ他国の自衛のため殺される。彼らを殺したのは誰か。むざむざ安保法の成立を許し、彼らを外国へ送り出した、僕ら投票者だ。隊員が殺した隣人も、実は僕らが殺したのだ。殺人者とは僕らだ。大罪を犯すまいと誓うなら、その強い意志を投票で示すしかない。

大罪を「犯し返す」

2016.8

本欄では戦争という犯罪について幾度も考えてきた。戦争が自衛を言いわけに始められ、自衛を言いわけにした先制攻撃という大罪の手先に自衛隊員がさせられる、そんな法の成立を許した僕ら自身の投票責任をも糾弾した。

戦争の引鉄《ひきがね》は、「そっちがその気なら一発お見舞いしろ」という無責任な国民全体の空気と、リーダーシップの意味を履き違えた宰相の虚栄心が引く。この愚昧《ぐまい》な「集団怨恨《えんこん》」が戦争をもたらすのだ。

例えばA県の誰かがB県の一家族を殺した時、社会の理性が機能している時代なら法の下に犯人を特定し罪を償わせられる。しかし理性が鈍麻し外交力と想像力の弱い時代には、B県の中に「A県のやつらは前から俺たちを嫌っていた」という集団怨恨がネットの炎上さながら無責任に醸成され膨満して、「一度思い知らせてやれ」と、自分自身は刃物を持って殺しに赴く気もない匿名の卑怯《ひきょう》者が外野から煽《あお》るだけ煽る。そして信じ難いことに、B県の殺戮《さつりく》者が殺し返すのは行方不明の犯人でなく、A県の無実の誰かなのだ。B県の憂さは犯人と同じA県に住む無辜《むこ》の一家族に対して犯し返せばまずは晴れるとでもいうように。こうした暗愚が支配する状況が戦争の本性である。

戦争が真に大罪たる所以《ゆえん》は、殺人事件のように犯人を逮捕し償わせるのでなく、無差別殺戮という相手かまわぬ報復、その大罪を相互にえんえんと犯し返し続ける点にある。

かつて日本は中国人や朝鮮人を大量に殺し、真珠湾では予告のない奇襲攻撃で二千四百人の米国人を殺した。先例のAの犯人と同じだ。結局は日本も空襲や原爆によって無差別殺人を犯し返され敗戦する。しかし戦後、先制を命じた軍幹部らを「英霊」などと祀《まつ》り上げて崇拝する狂気の邪教《カルト》がいまだ政権内に蔓延《はびこ》っている。潜在的な他者への怨恨が崇拝の形で表に出るのである。

僕らが再び大罪を犯さない、または犯し返さないための楔《くさび》が憲法九条だ。その九条を改変しようとする動きとは、過去の卑劣な無差別殺人を反省しない輩《やから》の、加害者意識の希薄な根深い怨恨の症状なのである。

2016.9

レジの戦い

共働きの我が家で銀行や買い物へ行くのは会社勤めの妻でなく、物書きの僕の任である。近場のスーパーは生鮮食品が安く、少し離れた大型ショッピングモールは保存食や洗剤が安い。大型店へは二週に一回も行けば用は足りるが、一回に購《あがな》う商品点数は近場店の倍ほどになる。

買い物かごをいっぱいにして混雑した長いレジへ並ぶと、列にいる大半は主婦たちばかり。男は独身の作業員風が一人二人と僕だけで肩身が狭い。大型店だけあって稼働するレジの数も二十以上。男らは深い考えもなしに手近なレジへ並ぶが主婦たちは違う。自分が最も速くレジを済ませられるよう他の列を注視し、各局面でえいやっと並ぶ列を変え移動を繰り返す。僕も最近は彼女らの要領を見習ってこの「車線変更」のコツを会得するに至った。

帰り出口に近く短い列がいいとは限らない。このごろはレジの奥にもう一つレジがあり、ここは一見短くともレジまでの距離を広角視野で瞬時に比較しなければならない。安易に並ぶと隣の列に同時に並んだ「ライバル」にまんまと先を越される。人には競争本能があり、横を歩く人、並走する自転車に負けるわけにはゆかない。レジも同じだ。隣の列に遅れて並んだ若妻がしゃらくさいカードで先に会計を済ませ「お先」という顔をすることはベテラン主婦として耐えがたい屈辱なのである。

前に立つ客のカゴの中身も凝視する。台車の上下カゴにガムや電池などを隙間《すきま》なく入れた女が前にいると後れをとる。惣菜《そうざい》パックだけを片手で持っているような客が交じっている列がいい。レジ係にも機械扱いの速い遅いがあり、悪いが僕の経験では口数が多く痩せて老眼の係より、無愛想な若い係のほうが速い。と思えば店長が急に応援に入ってきた二人体制のレジは俄然《がぜん》速くなる。そう思う間にも「次の方こちらどうぞー」と新たなレジが開く。列の途中からワッと我先に駆け出す主婦たち。僕が行けば肘鉄を喰《く》らう。僕はため息をつきながら、昭和生まれの女性の強さが日本の真の力なのだとしみじみ思う。

ながら族と自動運転

2016.10

自分の存在を己の意志で選び取り、能動的に自己を創り続ける生と、逆に、意志も創造も他人任せにし、既成の枠内で受動的に生きる生。実存哲学では前者こそが真に生きている生であり、後者は自分独自の生を生きていない、いわば死んでいる生ということになる。ニーチェやハイデガーやサルトルに言わせると、現代人の多くが、この後者の人々である。彼らは他人によって作られた生の「型」、快楽や偏見や道徳や体制の既製品に、無批判に唯々諾々と乗っかって、自らの非創造的な生を恥じようともしない。

今日もスマートフォンを凝視し、幽鬼の如《ごと》く街をさまよう人々。行動の主体性ごと魂をゲームに売り渡した、薄ら笑いする愉《たの》しげな幽霊たち。彼らは電子空間に人為的に設定されたやはり架空の幽霊を捕獲（ゲット）して悦に入る。なるほど死んでいる生であろう。

一方、彼らの生が人の考案した遊戯システムに支配され自動運転化されているように、いま世界中で作られている自動運転車が、遠くない将来、現実の車道を走るようになる。二重の自動化。自動運転車に乗る、生を自動運転化された死人《しびと》たち。

ながらスマホが多くの事故を誘発するように、実用化された自動運転車もまた多くの事故を招くだろう。完璧な実用車になるまでには、まだ多くの市民の命が犠牲に供されるだろう。例えば歩道橋から物を投げる悪戯《いたずら》や、飲酒運転車の幅寄せ等、人間が起こす想定外のありえない動きにも対応できるか。人間のとっさの不可解な行動は人間にしか想像できない。では事故が起きた際、責任は個人にあるか企業にあるか。むろん両者にあるだろう。ながらスマホや自動運転による過失には個人と企業へ同量の厳罰が与えられてしかるべきだ。各人が歩行中や自動運転中に主体性を棚上げし、メーカーに生を任せきりにするのは勝手だ。メーカーが購買者を食い物にするのも勝手だ。が、意志ある者が精いっぱい生きている実存、その生を、遊びながらの事故で失わせることは決して許されないのである。

2016.11

「どうも変だ」の自覚

宮沢賢治の「注文の多い料理店」では二人の狩人が山中の西洋料理店「山猫軒」で、なぜか靴を脱がされ眼鏡や尖《とが》った金属を外させられ、牛乳のクリームを顔に塗らされ酢を頭にかけさせられる。最後は「さあさあおなかにおはいりください」。指示がある度にどうも変だなと訝《いぶか》しむ二人を僕らは笑うが、実はいま、これと同じ境遇にあるのが我々日本人である。

「絆を重んじ助け合うべし」「国を愛すべし」「国歌を歌うべし」。人々は「じゃあそうしようか」と深い考えもなく従うが、「本当に歌っているかどうか口元を見ているぞ」という話を聞くとどうも変な気がする。「文系より理系の学部を優遇すべし」という方針も「なるほど発明をして国家に資せよか」と思う人と、「国家は文学や思想などの知を邪魔なものとして煩《うるさ》がっているのか」と奇妙に思う人もいる。

戦争への筋書きからいえば次は報道の統制だが、これはマスコミの自主的萎縮という形で既に進行中だ。筆鋒《ひっぽう》鋭い学者やジャーナリストらが次第に活動の場を失ってゆく。場を持っている媒体が政権やクレーマーとの確執を面倒がるのだ。萎縮は読者を置き去りにして、問答無用で行われる。

諏訪さん、あんたも書く場を奪われるよと、多くの愛読者の方が手紙やメールで心配してくださる。このコラムは始まってまだ三年も経《た》たないので大丈夫だとは思うが、皆さんは「本当のことを書く諏訪さんの気概を応援し永続を願うが同時に諏訪さんへの圧力を案じてもいます」と言ってくださるのだ。

時代の悪い趨勢《すうせい》を敏感に感じ取り、国からの注文を「どうも変だ」と自覚でき、そして「これはおかしい」という声を上げられる人々が日本には大勢いる。僕らはいま百年後に著《あらわ》される二十一世紀戦争史の中盤、民が国から批判意思を奪われ、無思想を奨励され、なぜか世界でなく「国」を愛させられる箇所を読んでいる。料理店でいえば、狩人たちがどうも変だとは思いつつ耳にまで牛乳クリームを塗らされている箇所だ。その愚かさを自覚する人々の理性だけが未来の戦争史を破棄できる。いま扉の向こうで、戦争が口を開けて僕らを待っている。

生きる

2016.12

本当は僕の随筆などこの世の誰も読んではおらず、読んでいても実は誰もが不満を抱いている。そう思うことがこの頃頻々《ひんぴん》としてある。十数年来の躁鬱《そううつ》病の、これも季節的な加減なのかもしれない。

生来極度にメランコリックな質《たち》で、日の暮れが早くなったとか、風が冷たくなったとか、そんな秋の深まりを感じるだけで喩《たと》えようもなく悲しくなる。大げさではなく本当に胸が詰まり苦しくなるのである。自分がこの世界でいったい何をしているのか、何ゆえに生き、ぐずぐずと死を待っているのか判《わか》らなくなる。待てば待つほど悲しみは増すばかりなのに。

待ってもおらず悲しくもない、さっきから君は何を言っているのだ、という人が大多数なのは知っている。ここは生者の世界なのだ。その生者だけの棲《す》む世界に、実は僕のように「いたたまれない」と思い続けている人々がいる。彼らは自死も選ばず、延々と悲しみの中を風に吹かれ生きる。それは静かだが、凄絶《せいぜつ》な生き方だ。

彼らはこの苦界の「苦」そのもの、悲しみそのもののうちに切実な「美」を見つけようとする。苦しみ悲しみを「美」に翻してしまおうとする。そうしなければ、ただ生きてないられないほど苦しく、悲しいからである。

秋は美しい。恐ろしいほどに美しい。そう思う。でもそれはこの暮れゆく季節を一日一日と過ごす「生」たちが喩えようもなく苦しく悲しいから、同じだけ美しくなるのである。

誰もがやがてここを、この世界を出てゆく。どうしてここに来たかも判らぬうちに、そしてどうして去るかも判らぬうちに、宇宙の暗黒の中、豆電球が一刹那《いっせつな》、ふと点《つ》いてふと消えるように、短くも儚《はかな》い命を燃やして生きる。その小さな明かりの中に計り知れぬ生の悲しみは満ちているのに、それ、その情動を美しさであると思わずに生きてゆけるわけがない。

呪われた旅人。秋を生きる旅人。君は悲しみの中を、その美しさの中を生きている。生きることの意味が判らないという悲しみほど、儚く美しい感情が他にあるだろうか、旅人よ。

おわりに

僕は一九六九年の十月二十六日生まれで、そうすると、いわゆる七〇年代という十年間がほぼそのまま僕の幼年期に、八〇年代が十代の少年期、九〇年代が二十代の青年期と一致します。三つの年代は、すべて「二十世紀」に入ります。このエッセー集のなかの多くの稿は、これら過ぎ去った遠い月日の記憶から主題を取っています。

ご覧のとおり、僕は書くことをなりわいにしています。単純に時代で振り分ければ「平成の作家」、「二十一世紀の小説家」とされるでしょうが、自分ではやさぐれた現代の作家なんぞである前に、「昭和の子供」、「二十世紀のいち庶民」であると思っています。

一九六九年から八九年という昭和の最後の二十年間、そして生涯の恩師種村季弘《すえひろ》先生（故人）の元で学べた大学時代、卒業して就職し、六年後に辞め、狂気のように本を読んで、初めて書いた小説「アサッテの人」を先生に読んでいただけた二十代の終わりまで、つまりこれらをひっくるめた二十世紀の最後の三十年こそが、僕という生の「本編」であり、三十代以降、今日までの長く苦しい月日は、その「後日談」だという気がします。「二十一世紀」とは、一言でいうなら、僕ら人間の心が狭くなり、病んで醜くなった時代です。

こんな僕の絶望、ニヒリズムもペシミズムも、若い頃から傾向はあったとはいえ、直接的には十数年前に発症した「躁鬱《そううつ》病」（双極性障害）によるところが大きいと思います。

僕は小学生の頃から通信簿に毎回「ひどく落ち着きがない」と書かれ、極度に臆病で、伝達困難な吃音を発する子供でした。僕が三十のとき父が心を病み、病名は重度の「躁鬱病」でした。五年もの間、毎週末、母と車で遠い郊外の病院へ見舞いに行き、爪を切ってあげたり髭を剃ってあげたりしました。やがて、いつしか僕のなかにも同じ躁鬱病が生まれました。父の死に際し、まるでバトンが渡るように、狂気は僕の方に根城を移して居座りました。こうして、誰にも理解されない独りきりの長い長い闘病人生が始まりました。

鬱がひどいと寝たきりで、電話が鳴っても出られず、天井を見上げ、死ぬことばかり考えます。逆に躁になると、どんな危険も恐くなくなり、失言を発したり、信じがたい逸脱への衝動に襲われたり、暴飲暴食をしたり、異常な多弁になります。でも、こういう躁の時にだけ、小説やエッセーが書けます。たった今も僕はたぶん躁で、だから書けるのです。そして書いた後は、空気が抜けたようにまた寝たきり。この繰り返しを十年以上もやってきました。ここ数年は大好きな読書の量も激減しました。蔵書も大量に処分しました。

週に一度か二度は、所用や仕事のために外出しなければなりません。だから、それに合わせて抗鬱剤(感情を上向きにする薬)を自己裁量で増やして摂り、外出はできて異常行動には到らない紙一重の躁状態、つまり普通の人がいう「元気」を、数日かけて作り上げるのです。病のこうした「飼育」のコツを僕は数年かけて会得しました。絶対に父のようになりたくない、自殺未遂をして監禁されたくない、その一心で、父の顔を思い出しながら同じ病と闘い、これを抑制・コントロールし、僕は今日まで死なずに生きてこられました。

躁鬱病という疾患が危険だといわれるのは、ひとえにその自殺リスクの高さからです。不慮の自殺は往々にして躁状態のさなかに起きるといわれ、従って、躁よりは鬱であるほうがつらいけれどまだマシとされており、僕もそれを自覚し、急な昂揚や歓喜の際には注意し、本意でなくてもあえて鬱ぎみに暮らすよう心掛けています。また不眠よりはまだ過眠のほうがマシらしく、感情が不穏な時はとにかく横になるようにしています。

死者に似た長い横臥の時間のなかで、暗い天井を見上げながら様々なことを考えます。考えずに眠れればいいのですが、そんなに深い睡眠もできません。こうして昼から夜、夜から昼へと、浮かんでは消えるようなうたかた、実感もなく過ぎる日々のなかで、過去や現在や、人間や世界や、自分という存在やその花火のように短い生という現象、その他あらゆる事象について思惟をめぐらせ、人間世界のままならなさ、その存在の哀れさ、わずかな美しさをすくいとり、書き綴ったのが本書です。僕は本編では精一杯のユーモアや諷刺のスパイスを随筆に盛りました。そして、できるかぎり懸命な笑顔を振るまいました。

とはいえ、コラムを書くという仕事は無防備にすぎる信条表明ですから、必ず人との齟齬を生みます。長年応援してくれていた人から急に絶縁されたり、陰湿な誹謗中傷やデマを流されたりもします。生易しい仕事ではありません。それでも五年の間、応援して下さる方々の存在を信じ、休載もなく書き継ぎ、ここに本書を上梓することができました。

過激で不遜、文体的逸脱も多い拙稿を懐深く掲載して下さった多くの媒体、朝日新聞社、毎日新聞社、中日新聞社、西日本新聞社、東海志《し》にせの会、そのご担当の皆様、そして本にまとめて下さった風媒社の稲垣さん、劉さん、僕と同い年の担当編集者の林さん、デザインの三矢さんに、最大級の感謝の意を表します。本当にありがとうございました。

今年七十三になる僕の母。母にも、この場を借りて感謝を述べます。母は昔から多趣味で、洋裁、園芸、水彩・油彩、俳画・木版画、旅行に映画鑑賞など大いに人生を楽しみ、一宮高校・名市短時代から英語が得意だったので、のちに県内数カ所の英語塾で何十年も英語教師をして多くの小中高生を育てました。気の弱い父や僕とは大違いで病気もせず、常にポジティブです。僕を幼時から読書好きにさせたのも母です。高校時代から、母がVHSに録り溜めた古い映画をたくさん観せてもらい、のちに僕自身が映画館に通い詰める趣味になりました。かつて大学で学術的・芸術的薫陶を授かった種村季弘先生以上に僕に大きな影響を与えた人があるとすれば、それはこの母であることに間違いありません。

今回、造本にあたり、母の彫った木版画を数点使わせてもらいました。牛に乗った菅原道真公の版画を、僕は好んで神棚に飾り毎日拝んでいます。お母さん、これまで、昔の日本の生活や、英語や、たくさんの映画を教えてくれてありがとう。どもりの僕に本（文字）を愛させ、言葉との絆を繋いでくれてありがとう。言葉の不具者だった僕は、いま言葉で身を立て、生きています。お母さんのおかげです。お母さん、どうか長生きして下さい。

二〇一七年三月吉日

諏訪哲史

うたかたの日々

2017年5月25日　第1刷発行　（定価はカバーに表示してあります）

著　者　　　　諏訪　哲史

発行者　　　　山口　章

発行所　名古屋市中区大須1丁目16番29号
電話 052-218-7808　FAX052-218-7709
http://www.fubaisha.com/　風媒社

乱丁・落丁本はお取り替えいたします。　＊印刷・製本／シナノパブリッシングプレス
ISBN978-4-8331-2093-7